João Ubaldo Ribeiro
Diário do Farol

R O M A N C E

2ª impressão

EDITORA
NOVA
FRONTEIRA

© 2002 by João Ubaldo Ribeiro

Direitos de edição da obra em língua portuguesa adquiridos pela EDITORA NOVA FONTEIRA S.A. *Todos os direitos reservados. Nenhuma parte desta obra pode ser apropriada e estocada em sistema de banco de dados ou processo similar, em qualquer forma ou meio, seja eletrônico, de fotocópia, gravação etc., sem a permissão do detentor do copirraite.*

EDITORA NOVA FRONTEIRA S.A.
Rua Bambina, 25 – Botafogo – 22251-050
Rio de Janeiro – RJ – Brasil
Tel.: (21) 2537 8770 – Fax: (21) 2286 6755
http://www.novafronteira.com.br
e-mail: sac@novafronteira.com.br

Equipe de produção
  LEILA NAME
  REGINA MARQUES
  IZABEL ALEIXO
  ANA CAROLINA MERABET
  DANIELE CAJUEIRO
  MARCIO ARAUJO
  SHAHIRA MAHMUD
  VICTORIA RABELLO

Projeto gráfico
  VICTOR BURTON

Diagramação
  ANGELO ALLEVATO BOTTINO

Foto da capa
  RICARDO SIQUEIRA

Revisão
  CLÁUDIA AJÚZ
  EDUARDO C. MONTEIRO

Agradecimentos do autor a Paulo Sergio Pereira e José Vasconcelos.

CIP-Brasil. Catalogação-na-fonte
Sindicato Nacional dos Editores de Livros, RJ

R369d   Ribeiro, João Ubaldo, 1940-
           Diário do farol / João Ubaldo Ribeiro : Nova
      Fronteira, 2002

         ISBN 85-209-1242-7

        1. Romance brasileiro. I. Título

CDD 869.93
CDU 869.0(81)-3

Para os Carneiros, os Carusos e os Boscos.

Não se deve confiar em ninguém.

O CONTEÚDO DESTA NARRATIVA é honesto, corajoso e escrupulosamente verdadeiro, com exceção dos nomes próprios citados, mas seu final poderá ser falso — o que ainda não sei, porque acabo de começar e não pretendo fazer revisões, para não ser traído pela improvável, mas possível, tentação de alterar, mesmo que sutilmente, fatos que não devo e não quero alterar. Vejo-me na obrigação de fazer esta advertência porque, quanto ao restante da história, se é que se pode dar tal nome a este relato, não me é tolerável haver dúvidas, veiculadas por quem quer que seja. Isto destruiria qualquer sentido para o que agora escrevo, pelo menos do meu ponto de vista, que é o único que me concerne. Conto aqui a mais integral verdade e acredito mesmo que me enfureceria a ponto de matar quem duvidasse dela. Nunca escrevi nada além de eventuais cartas, bilhetes ou sermões e o que escrevo neste instante não vem da ambição tola de fazer um livro, mas de um impulso vital e essencial à minha completa existência.

Haverá quem desconfie da veracidade do que lerá aqui, mas se tratará de um ingênuo, um alienado nefelibata, ou um dos incontáveis desavisados que não acreditam que o ser humano é irreparavelmente solitário, do nascimento à morte, convicção que a todo momento fragorosamente se prova insustentável, mas da qual todos parecem necessitar e se recusam a aceitar as irretorquíveis evidências em contrário. Escusando-me por repetir truísmo tão martelado, mas movido pelo conhecimento de que os truísmos são parte inseparável da boa retórica narrativa, até porque a maior parte das pessoas não sabe ler e é no fundo muito ignorante, rol no qual incluo arbitrariamente você, repito o que tantos já dizem e vivem repetindo, como quem usa chupetas: a realidade é, sim, muitíssimo mais inacreditável do que qualquer ficção, pois esta requer uma certa arrumação falaciosa, a que a maioria dá o nome de verossimilhança. Mas ocorre precisamente o oposto. Lê-se ficção para fortalecer a noção estúpida de que há sentido, lógica, causa e efeito lineares e outros adereços que integrariam a vida. Lê-se ficção, ou mesmo livros de historiadores ou jornalistas, por insegurança, porque o absurdo da vida é insuportável para a vastidão dos desvalidos que povoa a Terra. A dúvida quanto a este relato é, portanto, para mim, absolutamente inadmissível e o mataria, sim, se tivesse os meios — e provavelmente os conseguiria —, caso você, que me lê, duvidasse e eu soubesse. Ou, na pior das hipóteses, morreria eu mesmo, se você, como adversário, estivesse à minha altura, o que não acho fácil.

O final da narrativa, porém, apesar de estar bem vivo, ardendo em minha cabeça como a chama de um maçarico, talvez seja algo que se precise omitir ou mudar. Não tenho certeza, o que me causa algum desgosto, porque me decepciona não tê-la. Mas digo que talvez mude o final, por mim e por você. Por mim, entra o quê? Entra principalmente a vontade de enfrentar e expor o medo embutido na existência, o medo perene que não cessa de assombrar cada um e com o qual raramente se aprende a lidar com eficiência. E entra, talvez tão principalmente, a vontade de contribuir para que o homem sucumba de vez perante o que costuma denominar de Mal e que é a parte mais enraizada de sua natureza, a ponto de, para mim, como você na certa perceberá, se prosseguir na leitura, o Mal ser o Bem e o Bem ser o Mal. São ambos nomes para as mesmas coisas. Entram meus interesses, poderia resumir, mas não gosto desta palavra e só a emprego sentindo um laivo azedo na boca. E entra também sua felicidade, se você se iluda em tê-la, nos moldes em que definiram para você, desde criança, contrariando tudo o que é inato em você ou em qualquer outro. Só fazemos o Bem porque somos maus. E só fazemos o Mal porque somos bons. Dá tudo na mesma, mas não vou me dar ao trabalho de explicar o que para mim é tão óbvio que já se tornou tedioso. Desejo estragar, ou macular definitivamente, sua falsa felicidade, se você se ilude em tê-la. Minha esperança é que ela possa mirrar ou extinguir-se inteiramente, para que você veja o mundo como ele é, ou enlouqueça, ou morra, ou ambas as coisas, pois quase todos, insisto, sobrevivem apenas porque crêem que não são sozinhos. São, sim. Você é sozinho e permanentemente ameaçado, e somente um voluntarismo animalesco lhe faz ver o mundo de maneira diversa. E não sei qual dos fins, entre o verdadeiro e os falsos, lhe faria maior mal, apenas isso.

Sou um faroleiro singular, que vive nesta ilhota, ironicamente chamada de Água Santa, por causa de fonte de água pura e cristalina que brota, fraca, mas constante, de uma rocha quase no meio dela, formando uma lagoa minúscula e, logo depois, um pequeno riacho que mal chega à praia. Por que sou singular, direi no momento apropriado, se bem que você poderá ir especulando na direção certa, no decorrer desta leitura, e não precisar de explicações. Minha companhia exclusiva são aves marinhas e bichos que irrompem das águas do mar e da areia na maré baixa, três cadelas de índole irascível, algumas galinhas, alguns patos, que vivem na lagoa, onde de vez em quando atiro em um para comer, e bodes soltos pelas pedras quase nuas, entremeadas aqui e ali por moitas de plantas rudes e por descendentes de árvores há muito trazidas para a ilha por um ou outro, já desnaturadas pelo ambiente que originalmente não era o delas — cajus miúdos de um travor extraordinariamente agressivo, manguinhas de sabor tão áspero que deixam a boca de quem as chupe crispada durante todo o dia. Já houve tentativas de povoar a ilha, mas ela é pequena demais até, imagino eu, para umas cinqüenta pessoas e, além disso, fica muito isolada em alto-mar e tem fama imemorial de mal-assombrada. Hoje me pertence, é minha propriedade exclusiva, com restrições apenas formais, impostas pela Marinha e jamais verificadas e muito menos observadas, por motivos que você também compreenderá depois. Até o farol foi construído por encomenda pessoal minha e de acordo com minhas especificações, que não conflitam com as impostas pela Marinha, antes pelo contrário. Vivo na pequena casa, também construída às minhas custas e de acordo com minhas especificações, encostada à torre do farol, onde tenho um quarto de dormir, um banheiro, uma sala e um gabinete, em que guardo meus livros e meu equipamento de radioamador, que raramente uso.

Não preciso de nada de fora. Como todo homem inteligente da minha idade, sessenta anos completos, descobri há bastante tempo que poucos livros são mais do que suficientes para a leitura e tenho menos exemplares do que a famosa biblioteca de seiscentos volumes que tanto maravilhava os contemporâneos de Montaigne. Quando preciso de óleo diesel para meus dois geradores, cujo uso alterno, para a eventualidade rara de algum quebrar-se, açúcar, remédios, alguns enlatados, uma ou duas revistas e coisas que só podem vir de fora, contrato uma traineira particular que traz esses mantimentos ancorando ao largo e esperando que eu vá buscá-los em meu bote também de motor diesel. Jamais mantenho com a tripulação qualquer conversa além da necessária e jamais ensino o caminho tortuoso, entre os arrecifes, que a levaria a poder desembarcar na ilha. Quanto a visitantes, são raros, não só pelas dificuldades em chegar a ela, porque não há nada interessante na ilha, além de mim mesmo, mas recebo qualquer um que se aproxime acompanhado por minhas três cadelas rosnantes e com um dos meus três fuzis na mão e a pistola à cintura. As águas das praias da ilha são mansas, mas a areia é quase como a lama de um manguezal e não ofereço hospitalidade alguma. No começo, eu pensava em matar os visitantes e dar partida nas lanchas deles, carregadas por algum explosivo que detonasse a boa distância, mas concluí que seria arriscado. Agora, simplesmente me conduzo de maneira intensamente desagradável, reluto até em oferecer água potável e, se for o caso, faço-os aguardar socorro, que peço pelo rádio à Capitania dos Portos, fundeados ao largo. De qualquer forma, por ser tão longínqua e de aportagem muito perigosa, dificilmente a ilha é visitada e os sinais de vida lá fora são um eventual veleiro desses que encontram prazer em navegar mundo afora, ou de navios que passam tão longe que a curva do horizonte quase os encobre. Não há atrativos em Água Santa e assim quero que permaneça, embora cuidar do bom funcionamento do farol seja minha obsessão. No começo, por temor de alguma mudança na Marinha que me retirasse os privilégios, mas atualmente porque gosto de ver os mecanismos em ação, lustrar os espelhos e fazer com que seu facho se espalhe irresistivelmente, numa ronda interminável sobre as águas. Não sei por quê, isso me dá tanto prazer que, às vezes, no alto da torre, passo horas enlevado, somente acompanhando o rodopiar lento e decidido dos fachos.

Um farol é apenas um farol, mas é também um símbolo que não deve ser decomposto, porquanto é diferente para cada indivíduo e essa diferença há de ser cuidadosamente respeitada, porque, se alterada, poderá levar à loucura radical, de que não há exemplo vivente, mas à beira da qual sempre estaremos, apenas uns mais conscientemente do que os outros. Esta deve ser contida e até precisa ser sopitada, o que geralmente faz por conta própria, pois, se radical e desmedida, significa a liberdade de ver, imaginar e agir sem limites, situação insuportável para o louco, pelos que o cercam e, principalmente, pelo mundo, entendido este não só como a Terra, mas como o próprio Universo. O Mal, ou Bem, como queiram, perderia o sentido e isto não pode acontecer, pois o mundo precisa seguir sua trajetória natural, que não é previsível, como arrogantemente presumem o Senso Comum, a Ciência, a Filosofia e as Religiões. Que cada um — e nisso há uma ironia fundíssima, que transforma todos numa espécie de trupe de palhaços cósmicos sem platéia — possua e mantenha o seu farol e, ainda que afastado dele, não consinta que lhe escape da mente, mesmo que se ache na contingência de não poder vislumbrá-lo por algum tempo, mesmo muito tempo, mesmo quase todo o tempo, mesmo aparentemente todo o tempo. Dei a meu farol, embora você talvez seja o primeiro a saber, o nome de Lúcifer.

A segunda observação que preciso fazer é que o único e, por isso mesmo, importantíssimo motivo para prosseguir na leitura deste relato é uma espécie de conscientização da loucura, entendida esta como a internalização da ausência de sentido na vida, o que dana e salva ao mesmo tempo e é o único caminho não enganoso. A vida não tem sentido e não pretendo passar desta afirmaçãozinha tão mal-aplicada e detestavelmente usada. Não vou propor perguntas cediças sobre o que é a loucura, nem especular sobre ela, até porque já se disse tudo e de forma invariavelmente inútil. Mas, solitários por nascimento, natureza, sentimento e vida, estou seguro de que os indivíduos têm uma curiosidade básica sobre a confirmação secreta de sua sanidade. E, mais ainda, praticam interiormente todos os atos loucos, mesmo os que lhes são na superfície mais repugnantes, os de que nunca ouviram falar e os que nunca sequer imaginaram poder suceder. Como em casulos de dimensões às vezes modestas e às vezes espaçosas, procuram o pouquíssimo, o infinitesimalmente pouco que lhes é dado espreitar na alma do próximo e se confrontam com sua própria natureza de assassinos, invejosos, devassos, traidores, egoístas, mentirosos, pusilânimes, canalhas, mesquinhos, hipócritas, adúlteros, santos neuróticos, antropófagos, parricidas, matricidas, infanticidas, estupradores, todos, todos, todos os que estão dentro dele mesmo. A maior parte se ilude, acreditando que não sentiria a emoção que levaria ao pensamento e deste à ação, mas não é verdade, porque cada um é tudo isso. Cada um de nós é isso e, se nos diferençamos na prática, devemos creditar ao acaso mais do que à deliberação o fato de nos comportarmos externamente de maneira considerada aceitável ou até elogiável. E por isso insistem tanto em negar que estão sós e assim se transformam em fantoches de valores que lhes impuseram com indispensável violência, pois a realidade, qualquer que seja ela, da percebida à insuspeitada, da meramente física à social, não se subordina a ordem alguma, porque, assim como o Bem é o Mal, a ordem é a desordem, o caos, a contradição e o vácuo de valores inventados como remédios patéticos, todos fáceis de violar e difíceis de defender, a não ser mentindo, reprimindo e transformando meros desejos em verdades. Daí, o farol, que mata como quando atrai a mariposa e aparenta salvar, quando avisa o barco de que há escolhos. Talvez, para os irremediavelmente imersos nesse mundo artificial e artificioso, estas palavras soem ininteligíveis ou sem nexo, o que pouco se me dá.

JOÃO UBALDO RIBEIRO

Haveria muito mais a falar sobre este assunto, mas sobre ele já falam os que, ao contrário de mim, há muito perceberam quão parcamente dependem da defesa de pseudoverdades insustentáveis. O farol, porém — e esta afirmação me traz vontade de rir, por quê não sei, nem quero me dar ao trabalho de formular uma explicação —, existe para cada um.

Meu único dever aqui, imposto por mim mesmo e não por qualquer consideração vulgar e mendaz, é a honestidade. Estas páginas serão consideradas corruptoras e delirantes e serão desprezadas com asco, horror, ou ambos. Naturalmente que está a meu alcance mentir, mas vetei essa possibilidade, como creio que já deixei explícito. Não gosto nem desgosto de você, não sei quem é você e nem quero saber. Apenas lhe conto algo, da mesma forma que, se não tivesse chegado ao ponto existencial a que cheguei, poderia não contar. Minha esperança, obviamente, é contaminar o maior número de pessoas possível, mas, se não conseguir, serei apenas mais um fracasso, como você, das muitas formas que já sabe que é e esconde de você mesmo, ou contempla como um colecionador manuseia seus objetos, ou ainda constrói um biombo de terror, por trás do qual se oculta. Nada de fato faz diferença, a não ser o reconhecimento da solidão. Contradição em termos, dirá você:

um solitário, solidamente reconhecido como tal, falando a outros. Respondo que não dou a ousadia de contestar este argumento infundado, pois a solidão não tem nada a ver com a comunicação, esta sendo apenas uma maneira de tentar enganar aquela. Mas, caso essa postura lhe seja incontestável, jogue estas páginas fora, com o que estará voltando a perder seu tempo, ruminando as habituais besteiras sobre a comunidade humana — mas é direito seu, com o qual não tenho nada a ver. Se fizer isso, não estará nem mesmo perdendo o dinheiro que algum esperto lhe tomou por elas, pois o perderia de forma até ignominiosa, mais cedo ou mais tarde. Eu conto porque conto, você lê porque quer. Só não se atreva, como já avisei, a duvidar de mim, porque, mesmo sem jamais chegar pessoalmente perto de você, eu o matarei, ou mais provavelmente ajudarei a que a morte sofredora o leve, embarcado nos próprios pensamentos. Ou não jogue estas páginas fora, até porque isso não as eliminaria. E elas terão serventia para a maioria constituída de voluntaristas como você, que querem que algo seja como querem, como precisam ou como temem, e forcejam por evitar evidências em contrário. Supérfluo lembrar, mas lembro: não adianta querer. Querer não faz nenhuma diferença. Você quer ser, mas isso não afeta em nada o que de fato você será ou é, como indivíduo.

Querer eu quereria, embora já tenha aprendido o bastante para não querer mais, e isso em nada afeta o que sou ou serei. Tanto você quanto eu somos obrigados a ser o que somos, no sentido mais profundo da expressão, e não podemos fazer nada quanto a isso. Deixando claro, portanto, que não temos nenhum outro compromisso e que não temos nada a ver com o farol alheio, passarei a, letra por letra, pôr no papel o que você lerá a seguir, ou enfiará na lata do lixo, no fim pouco importando a decisão tomada, até porque a ação mais simples pode acarretar as conseqüências mais portentosas.

Mas, antes, me ocorre o que espero seja a última destas observações preliminares. Se eu fosse escritor profissional, teria possivelmente cuidado dela com mais eficácia, mas não sou escritor profissional e tenho até uma certa satisfação em deixar isto bem patente, porque mostra que qualquer um pode escrever um livro, contanto que possua a tenacidade necessária. Não há nada especial em ser escritor de ofício; é a mesma coisa que ser carpinteiro, por exemplo — e me dá gosto murchar egos como quem esvazia balões, embora reconheça que os verdadeiros artistas, no fundo de suas almas coquetes, saibam que não passam de embusteiros a copiar disfarçadamente o que já se fez antes deles, pois toda a pintura do mundo já estava feita depois que a primeira tomou forma, o mesmo se passando com todas as outras artes. Se fossem realmente novidades, não encontrariam quem as apreciasse, porque não se apreciam novidades reais, só as que já têm antecedentes, por mais embuçados que estejam.

Há uma terceira e fortíssima razão para que eu escreva esta narrativa, que é a minha Vaidade. A Vaidade é tão verdadeiramente a origem de todos os pecados, que até a Igreja evita mencioná-la como tal, preferindo incluir o orgulho entre os pecados capitais. Mas não, não é o orgulho, esse inofensivo aparato de pavão, que depende dos outros para ter alguma valia. A Vaidade, que alimenta a si mesma, subordina todos os pecados e tudo o que é reprovado pelos sistemas, religiosos ou não, que lidam com o conceito de pecado ou afins. A Vaidade, que não precisa exibir-se para existir, solapa até mesmo a santidade dos mais crentes, porque há Vaidade em saber-se ao lado direito do pretenso Criador. Ao fazer questão de confessar minha Vaidade, instigo pelo menos alguns leitores menos esquivos a cutucar a que também domina seus espíritos e, apesar de não parecer, é um sentimento que não depende dos outros, Vaidade é um dado do próprio sujeito, relaciona-se basicamente com ele mesmo. Espero incomodar você, dizendo que sou movido a escrever este relato, mais fortemente que pelos outros motivos, pela minha Vaidade em me considerar o pior dos seres humanos, o único, que eu saiba, que encarnou em si tudo o que lhe conveio, sem permitir que o filtro de qualquer valor erguesse impedimento. Veja bem, isso não me retira a solidão, antes a sublinha. Não fiz, nem de longe, tudo o que de mau já se fez, mas teria feito, se houvesse oportunidade. Sou, portanto, para o espelho de minha absoluta Vaidade, o pior dos homens, o que cometeria o que de mais hediondo se pudesse conceber e chegou a uma quantidade difícil de igualar, não em número, mas em qualidade. Eu sou um grande mau, dir-se-ia. Mas eu não o diria assim e só o faço para não ter que dar mais explicações tediosas. Eu sou o que sabe em sua crueza que o Bem é o Mal e vice-versa, eu sou o que nunca deu importância a essa distinção, o que sabe que ela não faz parte do Universo. Escolhi para mim o que você julga ser o Mal, mas para mim não se distingue do Bem, não existe isso. Escolhi para mim, ou aceitei de bom grado, o que você julga ser o Mal, mas para mim não se distingue do Bem, não existe isso. Para compreender isto em sua inteireza, há que se dedicar a existência, há que se jogar uma cartada sem volta, que eu joguei e não vou passá-la de graça a você. Você tem o seu farol e, se não o enxerga ou o enxerga mal ou distorcidamente, não dou importância. Sou, de acordo com os valores que você, por medo até de você mesmo, insiste em manter, a pior pessoa de que você já teve conhecimento. E esta é outra das razões por que mataria se duvidassem de minha história, pois, duvidando dela, feririam minha Vaidade, o que — talvez agora você entenda melhor — não posso aceitar. Eu sou, e me dá um prazer caloroso e consolador dizer isto, o pior. Não sou efetivamente pior do que ninguém, aliás, mas sou o pior que tem consciência desta condição e agora a espalha para quem queira saber. E assim concluo este preâmbulo já tão alongado, embora, depois de o reler pelo alto, perceba que é necessário e mesmo imprescindível e, mais agradável ainda, aparentemente sem nexo para as almas simples. Trata-se dos mais transparentes raciocínios e, no entanto, a maioria os achará, ou precisará achar, incoerentes e falsos. Que os achem, que os achem. Não pretendo mudar nada no mundo. Pretendo, aliás, contribuir para deixá-lo como está, ele é perfeito. Parei para rir, antes de terminar este parágrafo.

Minha primeira lembrança, que posso rever simplesmente cerrando os olhos e desejando trazê-la de volta mais uma vez, é um varandão longuíssimo, com piso de ladrilhos de um vermelho desbotado, estrada que percorria engatinhando várias vezes, embora já soubesse andar, abeirada por uma sacada ornada com touceirinhas de flores tristonhas apesar de coloridas, às quais às vezes eu dava nomes que não eram bem nomes, pois não sabia falar direito, mas que as distinguiam para meu conhecimento. Depois, sempre dentro de um clarão cegante, se segue um hiato dilatado, mas interrompido volta e meia por imagens semelhantes às de filmes antigos, que não podem ser paralisadas e a maior parte das quais reaparece sem que minha vontade interfira. O varandão era o pedaço do mundo que me pertencia, entre brinquedos vistosos que poucas vezes me chamavam a atenção. Em torno, fora de foco e sem detalhes, o mundo em que, apesar de ainda não poder, eu já queria ingressar. Árvores de frutas ou flores ou simplesmente de copas impenetráveis, passarinhos esquivos que às vezes se aproximavam mais do que deviam e me metiam medo, alamedas de barro batido que levavam a planícies de horizonte inatingível, arbustos bravos e tiriricas, talvez ruínas de esculturas ou fontes semi-arrasadas, palmeiras, um coqueiro isolado com seus frutos pendurados a uma distância incompreensível, lençóis estendidos no quaral de relva, mulheres e homens cujas caras quase enxergo, mas não chego a tanto. No meio do varandão, andava de quatro, quando meu pai não estava por perto, pois ele me repreendia e batia ao ver-me nessa postura. E, também quando ele não estava, freqüentemente deitava de bruços no chão, ou com as pernas tomando um sol que me parecia a própria vida preenchendo vazios inertes dentro de meu corpo, ou com a face encostada no frio dos ladrilhos à sombra, de onde aspirava cheiros que sei que eram reais, mas nunca mais encontrei, a não ser em delírios.

Não tenho certeza sobre a inteira exatidão dessa primeira lembrança, porque outras competem com ela, algumas somente táteis, algumas olfativas, outras não propriamente representáveis e, por conseguinte, intransmissíveis e irreproduzíveis, a não ser dentro de mim mesmo, porque jamais se detêm para que eu possa esboçar uma descrição mais clara. Só sei que estão aqui, em algum lugar da minha mente, num arquivo difícil de ser consultado. Além disso, o varandão era o palco preferido por meu pai para me torturar, razão por que, imagino eu, minha memória se embaralha. Mas essas sombras todas passam, até, quando eu tinha pouco mais de cinco anos, o dia em que meu pai trouxe de volta à casa-grande o cadáver de minha mãe, deitado de bruços em frente a ele, o ventre que me gestara curvado sobre a maçaneta da sela do cavalo dele, porque a égua que a derrubara ribanceira abaixo, contou ele a todos, sem atenção especial a mim, ele havia abatido a tiros na cabeça, depois do acontecido. Vinha ele arranhado, desgrenhado e com uma expressão aflita, mas nem por um instante me enganou. Na verdade, na verdade mesmo, esta é a primeira impressão de minha infância, a primeira marca inequívoca e indelével: a manhã em que meu pai voltou à casa-grande, com minha mãe morta, o corpo flácido atravessado à frente da sela. Não toda a manhã, porque de resto só me lembro de que o tempo estava, ou imagino que estava, ensombreado, como se fosse trovejar, o que de fato aconteceu mais tarde, com minha mãe sem vida na cama, esperando o caixão que vinha da cidade. Não, não, minto. Lembro que assisti à retirada do corpo para ser levado à cama onde ficaria horas e, sem chorar, mas desarvorado de forma que só hoje compreendo, não acreditava no que tinha acontecido. Que meu pai, de alguma maneira, tinha matado minha mãe, eu sabia, apesar de, na hora, talvez não haja atentado para isso. O que mais me tocou foi vê-la, alva como uma vela de espermacete, a feição esquisitamente tranqüila, deitada, depois de limpa e vestida com as roupas com que seria enterrada, a cabeça repousada num travesseiro de fronha branca. Eu nunca tinha visto ninguém morto, nunca podia imaginar que minha mãe morresse, não acreditava que ela não me ouvia, não acreditava que, ao tocar no corpo dela, não viria nenhuma resposta. E, até mesmo depois do enterro, passei dias sem acreditar na ausência dela, sem crer que pudesse acontecer o que tinha acontecido.

Mas depois do enterro, na hora da noite em que chegaram o trovão e a ventania, apesar de, no momento, eu não compreender, minha mãe permanecia, nunca deixou de permanecer, até hoje permanece. O trovão não era o mesmo de sempre e tampouco o era a ventania, estavam prenhes, estavam trespassados, estavam cheios de algo que demorei um pouco a perceber o que era, mas, pela primeira vez em minha vida, não dormi depois que apagaram o lampião do meu quarto e fui para o beiral da janela, achando que só assistia à ventania e aos clarões dos raios, mas na verdade experimentando o que no futuro se tornaria comum a minhas noites e às vezes a meus dias, como contarei depois.

Sim, a primeira lembrança destituída de equívocos é com certeza a expressão falsamente transtornada de meu pai, apeando do cavalo, contando como Briosa, a égua que ela montava, tinha passarinhado à beira do Barreiro Alto e a derrubado ribanceira abaixo, fazendo-a rolar pelo meio daquelas brenhas escarpadas e morrer com o pescoço partido. Lembro que, enquanto falava, ele olhava as mãos semifechadas e eu adivinhei, no mesmo instante, que de fato ela havia caído, mas de maneira provocada por ele, assustando a égua inesperadamente, e que, se ainda a encontrara respirando no fundo do grotão, terminara por matá-la com uma paulada na nuca, ou qualquer golpe que passasse despercebido, num corpo que rolara despenhadeiro abaixo. Eis aí um outro mistério cronológico, porque, se as lembranças que costumo ter são as primeiras que descrevi antes, outras, anteriores, se seguem. Lembro-me da hora em que ele trouxe o corpo dela e desfilam diante de mim cenas claras, em que ele batia nela e em mim e nos ameaçava com tudo o de ruim. Ele nos tratava com o furor de um cão raivoso e sei, porque minha mãe me contou, que tomei minha primeira surra aos quatro meses de idade, por causa de meu choro de cólicas, que não o deixava conciliar sua sesta habitual.

Foi também nesse dia que percebi com vividez os sentimentos de minha tia Eunice, irmã de minha mãe, e a mudança de status que sofreria Rosalva, a empregada de maior confiança da casa, uma espécie de governanta, administradora e babá minha. Não, não tenho certeza e a exatidão com que prometi expor os fatos me obriga a dizer que, dessas lembranças em diante, tudo se mistura um pouco no tempo. Até hoje sou assim e não sei se nasci desse jeito, ou fiquei desse jeito devido aos acontecimentos de minha infância, mas sou um peculiar cretino cronográfico, tenho dificuldade em lembrar anos e datas e em saber a correta sucessão de muitos eventos. Mas isto não tem grande importância. A verdade é que notei, em algum momento, durante ou pouco depois da comoção pela chegada do cadáver de minha mãe, uma troca de olhares entre meu pai e minha tia, que deixou tudo óbvio para mim, não precisava mais de evidência nenhuma. Eles haviam planejado e executado o assassinato de minha mãe porque eram amantes e queriam ver-se livres dela, num tempo em que "desquite" era uma palavra quase obscena e nem se pensava na existência de divórcio. Recordo o baque estonteante que sofri no peito ao perceber tão fortemente essa verdade que não podia entender direito, pois nem sequer sabia o que era sexo — mas entendi, entendi, entendi! — e recordo igualmente a serenidade que logo em seguida me invadiu, como se algo me assegurasse que, tomando a via certa, eu triunfaria. Pressenti que não teria medo de meu pai mesmo então, quando já não contaria com minha mãe para tentar defender-me das surras, bofetadas, cascudos, cachações e outros suplícios, apoiados, em silêncio malevolente, por tia Eunice. Eu conseguiria proteger a mim mesmo da melhor forma possível, como de fato me protegi. E foi sem lágrimas e com o coração empedrado que cumpri a ordem de beijar o rosto lívido de minha mãe, enterrada logo depois, ali mesmo na fazenda, embaixo do pé de ipê-amarelo, onde, por coincidência, ela me deixava em seu regaço horas a fio, tentando, sem muita convicção de sua parte nem aceitação da minha, explicar-me que meu pai não era mau nem me tinha ódio, como ambos sabíamos que tinha.

Eu resistiria, como resisti, ao que os dois viriam a fazer comigo e hoje penso que talvez tivessem cogitado matar-me também, não o tendo feito mais ou menos por conveniência, ou porque não tiveram o tempo necessário para planejar tudo de forma adequada. No que todos devem ter achado um prazo indecentemente curto, logo se casaram e se prepararam, alardeando, dos empregados às visitas, seu propósito de ter filhos. Quando eu estava presente em alguns desses momentos, nunca deixaram de me dirigir um olhar que eu sabia odiento, mas não me intimidava. Casaram com essa pressa indecente e indecorosa, mas houve alguns curtos períodos em que, se não fosse por minha madrasta, a quem meu pai me obrigava a chamar de mãe, eu teria sido feliz, tendo aulas com a velha professora

Altamira — que gostava de mim e me elogiava a meu pai e à madrasta, embora a resposta dele sempre fosse sempre "ele não faz mais do que a obrigação e é um frouxelengo em tudo o mais" e a da madrasta fosse um silêncio indiferente, para depois brincar com os meninos da fazenda e do arraial da Goiabeira, onde tínhamos um campo de futebol de barro batido, mas com traves de boa madeira e bolas de couro dadas todo ano por meu pai ao pároco, recomendando que só deixasse jogar os que tivessem bom comportamento e que eu não seria jamais exceção a essa regra, somente por ser filho dele. Mas lembro sempre que, de vez em quando, ele ia assistir a uma parte de algum jogo de que eu estivesse participando e me mandava retirar-me do campo, porque de fato eu não conseguia pegar na bola enquanto ele me olhava aos gritos de "perna-de-pau" e "postema", comparando-me com o grande jogador que dizia ter sido, o que, depois, através de colegas dele, apurei ser mentira.

Creio até que poderia fantasiar uma infância mais ou menos feliz, se me deixasse iludir pelas falsificações da memória e se não fosse surrado pelo menos uma ou duas vezes por semana, geralmente nu e rolando pelo chão, para que depois minha madrasta, dizendo frases consoladoras que contradiziam monstruosamente seu semblante prazenteiro, me aplicasse compressas de água, vinagre e sal sobre os vergões de minha pele. Todos os dias também — não consigo esquecer isso e tenho pesadelos até hoje —, ela, antes de me deixar dormir e depois de eu rezar um creio-em-deus-padre puxado por ela, examinava, um por um, meus artelhos, procurando sinais de frieiras, porque sabia que uma das grandes alegrias de meu pai era, antes de sair para o trabalho, receber a notícia de que eu estava com uma ou várias frieiras. "Ele está com frieira", dizia ela, porque, antes de qualquer coisa, ele ia ao fogão, com a chapa de ferro avermelhada pelas brasas sob ela, cortava um limão em cunhas, esquentava-lhes as polpas o suficiente para que chiassem e fumegassem e as aplicava nas frieiras, enquanto minha madrasta, algumas mulheres da casa e às vezes até Rosalva me seguravam. Hoje meus pés ainda levam cicatrizes desse tempo e encaro com superioridade quem se queixa de sofrimentos físicos e torturas.

Poderia, sim, fantasiar uma infância feliz, a exemplo de quase todo mundo, mas, naturalmente, pouquíssimas infâncias são tão felizes quanto as pintam e a minha foi infernal, não posso enganar-me. Logo depois da morte de minha mãe, Rosalva, cujo quarto, numa casinhola perto da casa-grande, meu pai muitas vezes freqüentava e que todos sabiam ser amásia dele constante e não uma escapada eventual, como acontecia com outras mulheres da fazenda, substituiu um pouco a falecida e também me punha no colo e me consolava. Ao contrário de minha madrasta, que só me tocava para inspecionar as frieiras, aplicar-me compressas, pentear rudemente meu cabelo e ajeitar minha roupa aos safanões, sorrindo para mim somente na frente de estranhos. Rosalva jamais poderia substituir minha mãe, mas era bom estar com ela, nesse tempo uma cabocla com traços finos de índia mestiçada e os cabelos tão longos e negros que não pareciam naturais.

Mas isso não durou muito, porque, aos poucos, Rosalva era barrada das tarefas habituais na casa-grande, a ponto de minha madrasta chegar a proibir sua presença, a não ser quando chamada, e determinar-lhe que plantasse uma horta ao lado de sua casa, se limitando praticamente a isso e a algumas outras tarefas, como lavar minha roupa, assar castanhas de caju, cozinhar para almoços grandes e estar sempre à disposição para serviços eventuais, todos em grande diminuição do papel que ela já tivera na casa, até mesmo passar a manhã toda quebrando coquinhos de ouricuri, de que meu pai gostava muito e comia aos punhados, nas horas noturnas em que estava ouvindo seu rádio de bateria de automóvel, que me fascinava, mas perto do qual ele poucas vezes me permitiu chegar e, assim mesmo, só para me dizer quão ignorante eu era, por não entender verdadeiramente nada do que era falado. Contatos comigo foram expressamente proibidos, a não ser uma conversa ou outra, quase sempre interrompida pela madrasta. E, sem nem o consolo do amparo de Rosalva, que já não tinha mais nenhum poder na casa, nem mesmo junto a meu pai, que agora a tratava mal, a vida ia passando, até o dia anunciado em que eu teria de sair da fazenda para estudar num colégio interno ou, segundo a preferência de minha madrasta, que meu pai acabou achando adequada para "um merda desse tipo, que devia usar saia mesmo", o seminário de Pedra do Sal, que acolhia as vocações sacerdotais, manifestas ou forçadas como a minha, dos meninos de boa família da região, além de servir de colégio de meninos para a cidade relativamente grande onde se localizava. Mas nunca se dirigiam a mim para tocar no assunto, nem me era permitido interferir na conversa.

Apesar de saber que a madrasta escolhera o seminário, eu ainda imaginava que poderia preferir o colégio interno e ter essa preferência aceita, até porque, nessa época, via revistas que volta e meia traziam reportagens em que eram mencionados cadetes do ar e eu, apesar de só saber que eram apenas o nome que davam a estudantes de aviação militar, achava a expressão tão bonita que tinha vontade de ser um cadete do ar e me via uniformizado, com óculos de aviador sobre a testa e pertencendo a uma casta super-humana. Foi com essa esperança, ainda que tênue, que obedeci à intimação de me apresentar aos dois, de tardinha, na ampla sala de visitas da casa-grande. Eles estavam sentados a pouca distância um do outro, na marquesa de gonçalo-alves horrendamente entalhada que até hoje, imagino eu, se encontra no mesmo lugar. Entrei quase sorrindo, embora sem coragem para tanto, porque, antes, naquele mesmo dia, meu pai, ao me dar a bênção, chegara a acariciar minha cabeça, gesto que só teve duas ou três vezes em toda a nossa vida, e eu achei que uma boa nova podia me ser dada naquele dia. Mas a esperança logo se esvaiu, não tanto pelo rosto de minha madrasta, que me encarava com a mesma hostilidade maldisfarçada de sempre, mas porque a afabilidade de meu pai não se repetiu. Pelo contrário, mostrava a boca franzida e curvada para baixo, com as sobrancelhas também contraídas, sob seus olhos minúsculos. Pensei em sentar-me, mas não ousei, porque sentar-me diante dele sem autorização partida exclusivamente dele, já que um pedido meu geralmente era qualificado de insolência, e tinha conseqüências imprevisíveis. Fiquei de pé junto à enorme entrada da sala, quase em posição de sentido, porque cruzar os braços era atrevimento, pôr as mãos às costas, relaxamento de vagabundo, pô-las nos bolsos, desrespeito safado e pô-las na cintura, trejeito de mariquinhas, o que podia me render um bofetão ou uma hora de pé diante de algum canto de parede, sem poder mover um músculo ou emitir um som, um dos castigos preferidos na família, embora não o pior, como ajoelhar-se sobre caroços de milho ou ficar numa cadeira debaixo do sol, com os braços estendidos em cruz e dois livros grossos sobre as palmas das mãos. Minha madrasta se abanava com seu leque de sândalo preferido e cujo odor até hoje me causa náuseas e meu pai fixava os olhos em mim como quem avalia uma alimária. Eu sabia que era uma imprudência grave falar antes deles, mas quase o fiz, diante do tempo que ele levou me fitando, sem falar nada.

— Sente aí — disse ele finalmente, me apontando uma das cadeiras de espaldar empertigado que se enfileiravam diante da marquesa. — E veja se não faz essa cara cínica! Não faça esta cara cínica!

Eu não sabia direito o que era uma cara cínica, mesmo já tendo procurado a palavra no dicionário, mas, desde que ganhei consciência, ele afirmava com raiva que eu tinha uma cara cínica, até depois de apanhar, o que me valia nova surra, que só parava quando eu, sem querer, assumisse uma expressão que ele não considerasse cínica na ocasião. Sentei com os joelhos juntos e as costas tesas.

— Separe um pouco essas pernas! — falou ele, olhando para minha madrasta como se quisesse que ela também censurasse minha maneira de sentar.

— Sente-se direito — disse ela, no tom entediado de quem repete algo pela milésima vez.

— Homem não senta com as pernas juntas assim — continuou ele. — Homem tem ovos. Você não tem ovo, não?

Separei os joelhos, tentando adivinhar a distância apropriada, e não respondi nada. Não era para responder, era para esperar a reiteração irritada da pergunta.

— O senhor não me ouviu, não? Responda, deixe de ser frouxo! Nunca pensei que em minha família fosse nascer um sujeitinho frouxo como você, deve ter saído à sua mãe direto, porque sua tia não é assim, nem ninguém da família dela que eu conheça.

— Ouvi, sim, senhor.

— Então por que não me respondeu, é só para me irritar? Dá vontade... Dá vontade de me levantar e lhe moer todo de pancada, quebrar essa cara cínica! Nunca vi um menino tão cínico quanto você, nunca vi ninguém tão cínico como você! Desfaça essa cara cínica e me responda, me responda, antes que eu faça você se arrepender do dia em que nasceu! Responda, você tem ovos ou não tem? É bem capaz de não ter! Às vezes eu penso nisso, às vezes eu penso que você tem um problema nos testículos que faz com que você não tenha saído homem na expressão da palavra. Responda!

— Eu tenho, sim, senhor.
— O senhor tem o quê?
— Eu tenho ovos.
— E por que não se senta como homem?
— Eu me sento como homem. É porque, outro dia, eu estava sentado com as pernas abertas e o senhor me disse que isso era coisa de gentinha, de homem sem educação.
— Sentar com as pernas separadas não é a mesma coisa que sentar com as pernas escancaradas — disse a madrasta. — Você, meu filho, só segue os piores exemplos.
— Mas não adianta a gente querer se esmerar tanto na educação desse menino! A melhor professora, os melhores livros, uma verdadeira biblioteca dentro de casa, tudo do bom e do melhor, tudo o que ele não

merece e ele se senta ou como um pirobinho ou como um vaqueiro sem costume! Além de cínico, é teimoso e descarado! Cínico! Descarado! Desqualificado! Desgosto, desgosto, desgosto! Não sei o que fiz a Deus para meu único filho ter saído essa bosta que não serve para nada, não sabe fazer nada, até jogando bola é uma postema, nem nisso pelo menos ele saiu a mim! E pare com essa cara cínica, antes que eu lhe quebre todo!

Fiquei muito sério e, embora soubesse que ele certamente continuaria a me chamar de cínico, não ousei baixar o rosto para não correr o risco de ter minha cabeça levantada por um sopapo como os que ele mais gostava de dar, com a palma da mão e os dedos fechados. E pude perceber o sorriso quase invisível de minha madrasta, que alisou o ventre com as mãos anchas. A menção à minha condição de único filho a fez demonstrar que estava grávida já de uns quatro ou cinco meses e uma gosma peçonhenta se evolou dela junto com seu olhar de víbora, para me cobrir com uma secreção viscosa de que ninguém conseguiria livrar-se. Ele continuou a me insultar, andando desordenadamente pela sala, enquanto eu perguntava a mim mesmo o que já me perguntava havia meses, ou seja, se aquele era de fato meu pai ou se alguma feiticeira dos livros que lia indiscriminadamente na vasta biblioteca que ele mantinha pela casa toda havia trocado todos os meus parentes por diabos disfarçados. Parou diante de mim com os dedos entrelaçados sobre o diafragma e me disse que, depois de muito pensarem, ele e minha mãe — sim, porque tia Eunice fazia tudo para ser minha mãe, mas meu ordinariíssimo caráter não permitia que eu a aceitasse como tal, nem percebesse sacrifício após sacrifício, dissabor após dissabor que eu lhes trazia —, ele e minha mãe tinham resolvido matricular-me no seminário de Pedra do Sal, retribuindo com mel o fel que, mais uma vez entre tantas, eu lhes transferia, como se fosse a encarnação de Satanás naquela fazenda, que, se não fosse por mim, poderia ter-se como o paraíso terrestre reconstituído.

Algum gesto meu deve ter denunciado minha reação, porque ele se encolerizou e avançou pálido em minha direção, com o braço direito estendido para uma bofetada que não chegou a dar-me, embora mantivesse a ameaça durante quase todo o tempo em que me falou. Finalmente, espalmou as mãos sobre a face com os olhos fechados, suspirou e disse que ia ter paciência, ia ter muita paciência, porque era um homem temente a Deus e, se Deus lhe dera um traste como filho, haveria de ter sido por alguma boa razão, embora — confessava isso, confessava, sim, havia um grande exemplo na própria Bíblia Sagrada — às vezes ainda esperava que Deus lhe desse a ordem que dera a Abraão para sacrificar seu filho Isaac, sem a retirar na última hora, como narrava o Velho Testamento. E Isaac, ao contrário de mim, era inocente, puro e sem culpa, enquanto eu persistia em negar à minha mãe de direito essa condição, preferindo até mesmo Rosalva, aquela ordinária tirânica que durante tanto tempo o enganara sob uma capa de cordeiro em corpo de loba, mas que agora minha mãe de direito desmascarara e pusera em seu devido lugar, que, aliás, seria fora da fazenda, mas o bom coração de minha mãe de direito não o permitira e aquela índia traiçoeira ainda permanecia sob seu sustento, embora sem os privilégios que a cegueira dele não tinha deixado enxergar, durante todos aqueles anos. Eu tinha sorte, muito mais sorte do que merecia, porque ele iria dar-me uma nova oportunidade, entre as muitas que já me tinha dado e que eu desperdiçara, como se as dádivas fossem lixo. Fizera de tudo para preparar-me para herdar, ainda em vida dele, que desejava formar uma estirpe de varões incomparáveis, a administração da fazenda e eu não me interessava por nada, nem sequer sabia cercar um boi no curral, não sabia nada, não me interessava por nada, não era seu herdeiro, só o era por uma fatalidade, a do sangue. Nem mesmo andar de bicicleta eu aprendera, quando ele, na infância, sempre ansiara por uma bicicleta que seu pai nunca lhe dera, teria agarrado a oportunidade com unhas e dentes. Envergonhava-o, ao sair bamboleando na bicicleta horas seguidas, empurrado por ele e caindo no chão entre escoriações vergonhosas e um tremor que lhe trazia quase ganas de vômito, sem conseguir nem me interessar nem muito menos aprender a andar na bicicleta que tão laboriosamente mandara buscar para mim. Enfim, não cederia ao impulso de maldizer-se por causa de filho tão malsinado, não abriria a boca, como não abriu Jó, cujo destino fora aparentemente tão diverso do dele, mas na verdade não era, porque somente um filho como eu seria suficiente para amaldiçoar a vida de qualquer um. Mas não, eu tinha sorte, ele era um homem religioso e de integridade moral inatacável, eu tinha muito mais sorte do que merecia e às vezes ele até se julgava um instrumento da vontade de Deus sobre a Terra, às vezes até chegava, para depois confessar esse pecado ao padre, a se pensar um espírita, cumprindo nesta encarnação algum mal feito em encarnação anterior. Sim, eu tinha muita sorte porque ali estava ele para cuidar de mim e ali estava minha mãe de direito, ambos dispostos a enfrentar todos os obstáculos que o Destino e eu lhes criávamos.

Pronto, agora eu, apesar de meu cinismo inato e de minha falta de determinação em qualquer atividade, até mesmo a de escutar, já estava preparado, da melhor forma que ele reunira forças para tirar não sabia de onde, para ouvir qual seria a minha destinação, a que, para ele — Deus o perdoasse, se se enganasse, mas suas orações não O convenceriam, se não fossem sinceras — e para minha mãe de direito, se apresentava como a única via em que eu podia ter algum êxito, ainda que necessariamente parco. Eu ia ser padre, ia desempenhar, embora apagadamente como tudo o que eu fazia, uma missão nobre que talvez me redimisse e que seguramente era a vontade de Deus, em alguma paróquia obscura do sertão mais brenhoso, o que talvez salvasse minha alma sem valia. Por quê, por quê, por que eu não era o que ele havia sempre sonhado, por que eu não era o segundo varão assinalado de uma dinastia que ele imaginava fundar, nobre e imperecível, e, sim, aquele poltrão que a nenhuma bênção sabia responder com gratidão e antes a atiçava fora, como uma casca de fruta? Ai Deus, bem sabia ele que as atribulações de Jó, inegavelmente muito mais duras que as dele, deviam ser exemplo para todos os que seguiam a fé do Senhor. Mas sofria, sofria, sofria como o coração de Jesus guirlandado de espinhos gloriosos, com aquela figurinha mirrada, esquelética, pernóstica, tíbia e cínica, cínica, cínica, que lhe coubera por filho. Sim, eu ia ser padre, ia ser padre para que pelo menos prestasse algum serviço neste mundo, pois do contrário não seria mais que uma erva daninha, a prosperar em detrimento de toda a vegetação em torno.

Esperando tomar a bofetada que ele tornara a esboçar enquanto discursava, engoli em seco e, com a maior firmeza que pude alcançar e sentindo minhas vísceras fibrilar, consegui — pois ele me amava, era o que sempre dizia, mesmo enquanto me surrava, e acho que eu ainda acreditava um pouco naquele amor destruidor mas pelo menos sincero — responder que não tinha muita vontade de ser padre, não acreditava que tinha jeito para padre. Ele levantou mais a mão para a bofetada, mas preferiu um gesto desalentado, recuou e despencou sobre a marquesa. Ah, era assim? Era com aquele mesmo cinismo egoísta e sem-vergonha que eu respondia à sua generosidade, à sua preocupação extremada com o destino de alguém que claramente não prestaria para nada, nem para consertar um mourão de cerca, quanto mais administrar os seus bens, como era a legítima vontade, ambição e perdida esperança dele? Como era possível tanta decepção, uma atrás da outra, um sauveiro brabo em que supunha todas as formigas mortas, mas logo surgiam outras, saídas sabia-se lá de onde? Persignou-se, minha madrasta o imitou e eu não o fiz para não ser chamado outra vez de cínico, hipócrita e ousado e me fez nova pergunta. Não que ele fosse mudar de idéia, já tinha conversado com Deus o suficiente para saber que estava certo, mas queria saber, nem que fosse para contar aos amigos junto aos quais eu o envergonhava, sem a exclusão, soubesse eu, de meu próprio padrinho, só para talvez contar como anedota: que queria ser eu, podia-se saber? Respondi com a garganta estrangulada de apreensão, mas me orgulho até hoje em não haver falhado.

— Eu outro dia vi na revista, eu queria ser cadete do ar.

Eu o quê? Estaria ele chegando à loucura sem saber, estaria o ar contaminado por cochichos dos demônios, era pesadelo ou realidade o que ele ouvia? Não, não era. Cadete do ar, eu queria ser. Ah, Deus dele, chegava a ter vontade de rir, defrontado com tamanha falta de senso, inesperada até de minha parte. Cadete do ar! Militar! Um fracote sem tutano enfrentando a vida de um militar e, mais ainda, de um militar com a função mais perigosa de todas, que era pilotar aviões de guerra? Com que então eu acreditava que um militar de responsabilidade, até mesmo um militar de pouca visão, veria em mim mais do que um servente encarregado de limpar privadas? Eu jamais pilotaria nem uma enxada, quanto mais um aeroplano, eu não me enxergava, Deus do céu, eu não me enxergava? Claro que não me enxergava, era um imbecil perfeito, devia ser confinado a um jardim zoológico estrangeiro, como exemplo de besta quadrada, animal jamais visto em qualquer parte, mas ali corporificado em mim? Cadete do ar, essa era boa, era ótima, era mesmo para morrer de rir, se não se tratasse de seu próprio filho. Então eu achava que ele iria passar pelo vexame de tentar matricular-me num colégio militar, onde, para começar, eu nem concluiria o curso, quanto mais ser aprovado no exame para a Força Aérea, profissão de macho, para homens fortes? Não gargalhava, não rolava de rir porque era seu filho ali, proferindo as asnices inacreditáveis que soltava sempre que abria a boca. E, além de tudo, como, aliás, já era patente havia muito tempo, manifestava-se novamente um ingrato, pois sabia do desvelo com que sua mãe — sua mãe, sim, de uma vez por todas, sua mãe, Eunice! — já vinha fazendo o enxoval para o seminário. Isso não queria dizer nada, não era? Assim como não queria dizer nada ele já ter falado até com o bispo sobre minha matrícula e estar tudo acertado, não era? Onde jamais se tinha visto um tal privilegiado, destituído de qualquer mérito, não reconhecer as dádivas que choviam sobre sua cabeça, onde jamais se vira tamanha ingratidão?

Não ia me bater naquele instante, estava cansado, nem a pior das surras haveria de me corrigir, eu era como certos jegues, que preferiam o rebenque e a cacetada de acha de lenha a aprender a trabalhar. Eu ia ser padre, não se cogitaria de outra hipótese e, se ouvisse repetida a menção a cadetes do ar, aí sim, eu me arrependeria do dia em que nascera. E, era importante sublinhar, ser eu padre evitaria que ele tivesse netos gerados por mim, que sem dúvida também o cobririam de vergonha. A não ser que eu preferisse que ele mandasse me capar, como talvez eu preferisse mesmo. Hem? Hem? Queria ser capado? Preferia ser capado a estudar para padre? Se eu queria ser capado, era fácil, quase todo mundo ali era bom capador de garrotes, porcos e bodes, era só eu querer. Queria? Não, não queria e, portanto, estava resolvido, não havia mais nada a conversar. Mas eu passaria de castigo o resto do dia e da noite, trancado à chave no quarto, em jejum e lendo sobre os dez Mandamentos no catecismo, principalmente o que falava em honrar pai e mãe. Não que eu fosse aprender nada com aquilo, nem fosse transformar-me num verdadeiro projeto de homem, mas era um castigo, aliás bastante mais brando para o que eu merecia e, como sempre, para meu próprio bem. Deus era testemunha de como eu os fazia sofrer. E assim foi feito e, no dia seguinte, entre tabefes estalados, ele me fez uma sabatina sobre o que eu lera no catecismo. Acertei todas as respostas, mas apanhei como previsto, dessa feita porque gaguejei algumas vezes e não reproduzi certas passagens da maneira que ele considerava correta.

Ele nunca soube, ninguém nunca soube, mas foi durante esse castigo que minha vida tomou o rumo a que estava predestinada. Depois de eu me certificar de que aprendera tudo o que comentava o catecismo sobre os dez Mandamentos, o calor abafado que vinha fazendo cumpriu sua promessa habitual e começou a ventar forte, chover e trovejar. Não sei precisar o ponto de partida, mas de súbito me vi diante da janela, olhando através da vidraça as copas das árvores curvando-se e farfalhando ruidosamente, o vento silvando por entre as telhas, a chuva levantando um cheiro forte de terra molhada e, então, demonstrando o que me vinha ao pensamento somente mordendo o lábio inferior, decidi que seria para sempre mau. Ou não decidi; descobri, não faz diferença prática. Eu, que estava ali, sendo punido mais uma vez sem ter feito nada de reprovável, eu que sempre obedecera e forcejara por agradar, eu cuja mãe tinha sido assassinada pelo meu próprio pai e recebera em seu lugar uma megera odienta e cruel, eu que sempre procurara estudar, que sempre esperava uma palavra de reconhecimento da parte de meu pai, eu que não tinha onze anos completos ainda, constatava que era sozinho no mundo e sempre seria, não tinha razão alguma para procurar ser bom e, mesmo que tivesse, ser bom era para mim ser mau, pois nada do que me diziam ou aconselhavam deixava de ser contradito por atos e fatos, eu cujo pai ia à missa e professava devoção ardorosa, mas era um homicida adúltero e tirano perverso, eu que não ganhara nada por comportar-me como me exortavam a comportar-me, eu, Eu, não perderia aquela guerra tramada para destruir-me, para transformar-me num verme desprezível, numa barata repulsiva, na escória da Humanidade, eu, Eu, seria mau, seria tão mau quanto me permitissem a astúcia, a dissimulação e o uso de qualquer recurso, por mais torpe, de que agora me sentia vigorosamente capaz, eu, Eu, seria o pior dos homens, Eu jamais seria vencido. Do mesmo jeito que as árvores aparentemente mais frágeis se dobravam frente ao vendaval, mas não se partiam ou caíam, tampouco Eu cairia ou quebraria. Não teria piedade, não teria comiseração, não teria solidariedade a não ser em meu benefício, não me deixaria levar por nada do que me falassem a não ser que me conviesse, esmagaria, usando os artifícios mais sórdidos, embuçados ou não em bondade, quem quer que me fizesse oposição, Eu era sozinho, sim, mas venceria e minha vitória seria minha recompensa perene, qualquer que fosse o preço que os outros pagariam por ela — e uma sensação reconfortante e fortificadora me encheu o peito, a ponto de Eu quase cantarolar minha felicidade.

Mas que voz era aquela, estranhamente difusa e clara ao mesmo tempo, que agora trespassava o temporal? Antes acreditara já a ter ouvido, mas nunca me vira levado a prestar-lhe atenção como nesse instante. Muitas vezes me tinham contado que havia vozes e aparições do outro mundo, mas eu nunca acreditara em histórias de Trancoso. Muitas dessas histórias, contadas somente à noite, porque contadas de dia faziam o contador criar rabo, eram sobre dragões, mortes, monstros e almas penadas, mas nunca me tinham infundido temor, e o escuro que fazia depois de minha madrasta apagar o lampião não me assustava, como assustava outros meninos que eu conhecia. Agora, contudo, a voz adquiria sentido e, de repente, não sei descrever como, soube que era minha mãe falando comigo. O ipê debaixo do qual ela fora enterrada era visível da minha janela e até rebrilhava por frações de segundos, sob os coriscos que disparavam no céu. Era ela, podia mesmo ser ela? Existiam mesmo almas do outro mundo, os mortos vinham mesmo falar com os vivos, como muitas vezes acontecia nas histórias? Apurei os ouvidos, cheguei a encostar a orelha na vidraça para ter certeza de algo que me parecia cada vez mais verdadeiro.

Era ela, sim, desde essa hora não tive mais dúvidas. Era ela, cujo lamento, de início fundido com o vento, agora se distinguia por palavras. Talvez não bem palavras, mas algo equivalente, algo encadeado, que fazia sentido. Meu filho, dizia a voz, meu pobre filho. Meu pobre filho, tua mãe te ama e não se esquece de ti por um instante e nunca perdeu a esperança de vir a ser escutada por ti. Agora sei que, se não podes ver meu vulto em meio a esta tarde negra e tempestuosa onde flutua meu espírito sem paz, pelo menos podes entender o que sussurro, usando a voz das folhas, do vento e da chuva que pertencem ao mundo dos vivos, como tu. Meu filho, creia que te acompanho e me lembro com saudades de tua figurinha em meu colo, meus peitos te acolhendo a cabecinha, meus braços te embalando, meu regaço te acalentando, aliviando o nosso sofrimento, que, por forças que não posso revelar, nos era infligido por esse monstro que tens de chamar de pai, pois verdadeiramente o é. Não queiras saber por que me casei com ele, pois estaria além do teu entendimento e, além disso, antes de casar-se parecia um e, depois de casar-se, mostrou-se outro. Há muito a aprender na vida e aprenderás. Mas basta agora que te diga que tinha de acontecer assim, nada acontece porque queremos, tudo acontece porque está fadado a acontecer, até mesmo aquilo que julgamos haver conquistado por iniciativa própria e sem ajuda. É preciso que saibas que minha alma não encontra sossego e vaga em torno desta casa-grande todo o tempo e vê como continuas a padecer cada vez mais nas mãos daquele que, em lugar de pai, só sabe ser algoz. Não te queixes do destino, nem maldigas tua sorte, por mais atrozes que sejam teus sofrimentos. Tens que lutar e lutarás, comigo sempre a teu lado. E vencerás, pois há em ti a têmpera que nunca usei mas te guardei como legado, pelo meu sangue, pelo sangue nobre de meus antepassados cuja toda borra herdou tua tia Eunice, pelo leite que te saiu de minhas tetas, pelo alento que tantas vezes se confundiu com o teu, ao apertar-te contra o peito e banhar-te em minhas lágrimas. Não podes compreender, mas não era a mim que cumpria resistir ao que de cruel te fez teu pai e nem é a mim que isso compete agora. O dever de minha alma errante é alertar-te e animar-te para que, por teu turno, cumpras o teu dever, criatura mais amada pelo meu ser, mais amada criatura do que tu não podendo jamais existir. Sei que não me decepcionarás, nem fugirás a teu dever, pois agora mesmo sinto que compreendeste inteiramente tua condição na Terra, sinto a determinação em teus olhos que para outros poderão precisar ser esquivos, mas que para mim são firmes como rochas a tudo resistentes. Ouves a voz de quem te amou e para sempre te amará, somente eu te amei e amarei. Ouve o que eu te digo, filho querido. Mira as árvores oscilando, ouve a chuva despencando e o vento ululando, vê os relâmpagos iluminando os céus, lembra minha vida perdida pelas mãos de um celerado, prepara-te para escutar o que te direi todo dia, até que tenha certeza de que cumpriste o que te peço e que, insisto, é teu dever.

— Eu quero vingança! — disse a voz dela, subitamente abandonando o timbre com que me chegava, para vibrar de ódio. — Eu quero vingança! Eu preciso de vingança! Nem tu nem eu jamais teremos paz enquanto não se completar a vingança que os fados comandam e o destino exige! Não haverá paz para ti nem para mim enquanto não levares adiante essa vingança! Esse homem, que o infortúnio insondável quis te dar por pai, precisa morrer, e morrer sabendo que foi por aquilo que nos fez. Não seria vingança, se não fosse assim. Nisso te ajudarei sem que percebas, mas há muitos limites para o que posso fazer sozinha, de forma que preciso muito de ti, é necessário que compreendas isto muito bem. E essa mulher, minha irmã de sangue, que me traiu de maneira tão infame, também deve sofrer nossa vingança e nisso igualmente te ajudarei. Eles não podem mais viver, pois, enquanto viverem, não haverá sossego para minha alma nem para a tua. Ouve tua mãe, ouve somente tua mãe e sê o que deve seres, para cumprires o que peço. Não posso determinar-te nada, mas posso pedir-te, pois sei que um pedido meu é o que te basta. E, apesar de ansiosa, não tenho pressa, para mim o tempo é indiferente. Mas esse homem não pode deixar outros descendentes que não tu, ainda mais paridos por aquela serpente venenosa a quem acolhi inocentemente em casa, trazendo uma raposa para dentro de um galinheiro, essa que nunca soube pensar em nada além de seus interesses e que já me traía com teu pai bem antes de ele me assassinar. Já hoje ela pensa na morte de teu pai, tão mais velho do que ela, para se tornar livre e rica e, se tiver filhos dele, não será bem porque os queira, mas porque deles necessita, para mais obrigá-lo junto a ela. Eu quero vingança, tua mãe te pede, te suplica vingança e essa vingança só poderá chegar pelas mãos da Morte! E a Morte, por seu turno, espera a ajuda de tuas mãos, meu filho querido! Não vais consentir que tua mãe vague, varrida como lixo de uma vida ainda mal começada, não me trairás, meu filho amado! Nada te impedirá e vencerás todos os obstáculos, se de fato atenderes ao pedido de tua mãe, abatida como uma rês atolada na lama e desprezada como o mais abjeto dos seres, cuja sepultura sem flores e marcada por uma lápide de mármore ordinário é esquecida e transformada em leito para cães vadios, a não ser quando passas por lá ou quando ele, com a hipocrisia que nunca o abandonou, cumpre ritos fingidos no Dia de Finados. Não te preocupes com o que te possam fazer, porque terás a astúcia e a sorte a teu lado. Pela minha causa e pela tua também, vencerás! Vencerás!

E, desse dia em diante, mesmo não havendo chuva ou vento forte, a qualquer hora em que estivesse sozinho, a voz de minha mãe me acompanhava, sempre me exortando, às vezes me acarinhando e consolando. Ao contrário do que seria de esperar-se, achei tudo aquilo perfeitamente natural, não me espantei e mantive segredo absoluto até hoje. Normalmente, eu não falava nada a ela, mas, quando falava, sentia que ela me escutava e, embora talvez não se possa dizer que efetivamente conversávamos, convivíamos quase como quando ela era viva. Não conseguia chamá-la, era a única diferença, pois ela só aparecia quando desejava ou podia. Mas isso não tinha importância e, escudado por ela, até meu corpo se tornou mais forte e compreendi o que era cinismo e dissimulação. Meu pai, ironicamente, conseguira, sem saber, o que vivia tentando me incutir e agora eu me reconhecia um exemplo, cada vez mais aperfeiçoado, de cinismo, sonsice, dissimulação e falsa subserviência. Mais tempo, menos tempo, todos sentiriam, para desfortuna sua, com quem estavam lidando. E, quando chegou o mês de março, embarcando com meu pai no trem, já envergando uma das roupas do enxoval, só não estava rindo porque não podia consentir que ele sequer suspeitasse de que não tinha mais o mínimo poder sobre minha mente, mas quis rir, pensando em como ele podia esperar, sem a pressa que minha mãe também não tinha, o golpe que tardaria, mas não faltaria. Acenei para Rosalva, que chorava na plataforma da estação aonde fora por permissão quase negada de meu pai, sentei-me no lugar que ele determinou e passei a viagem em silêncio, fingindo obedecer à ordem de ler o catecismo novo que ele me dera, mas na verdade imerso na antecipação doce de uma vida vitoriosa, sem culpas ou remorsos.

Diferentemente do que eu antes imaginara, não foi difícil adaptar-me à vida de seminarista. Foi até bastante fácil, porque somente a ausência de meu pai já me era alegria suficiente. Mesmo na condição de seminarista menor, exercia liderança até sobre muitos de mais idade e mais antigos. Formei uma espécie de núcleo transgressor, uma verdadeira ordem secreta, onde quem mandava, embora freqüentemente através de subterfúgios, era eu. Para evitar qualquer ameaça à minha liderança, consegui secretamente um caderno onde anotava tudo o que via e ouvia que pudesse ser usado contra colegas, padres ou professores leigos. Escondia o caderno na chaminé do fogão a lenha de uma casa antiga e arruinada, no terreno da chácara onde ficava e ainda fica o seminário. Mas era só por precaução, porque, com exceção de coisas relacionadas com a cronologia dos fatos, que já mencionei, minha memória sempre foi excelente e eu me lembrava de tudo.

Tampouco foi difícil expandir, já no decurso de meu primeiro ano, minha influência no seminário. Logo cedo, eu, que, em matéria de sexo, só tinha tido a experiência de me masturbar junto com outros meninos da Goiabeira, muitas vezes fazendo apostas sobre quem ia ejacular primeiro ou a maior distância, sabia da existência do homossexualismo, mas não tinha a menor inclinação para ele, assim como para o sexo, o que só viria depois e assim mesmo sem muito entusiasmo determinado pelo sexo em si, a não ser no caso de Maria Helena, de que você saberá depois. Mas me pareceu visível, quase instantaneamente, que alguns dos meus colegas gozavam de privilégios junto a certos padres, como circular com as mãos nos bolsos sem sofrer punições. Mais tarde, um colega mais velho que me julgava de sua confiança — quando, como já disse, não se deve confiar em ninguém, embora eu admita que sou um caso extremo — me contou que sodomizava regularmente um padre italiano de ar severíssimo e responsável pela disciplina. Por isso obtinha favores extraordinários e até uma garrafa de vinho ganhava de vez em quando, para beber escondido. Anotei a revelação e, embora ser passivo numa relação sexual me repugnasse, decidi que seria ativo quando se oferecesse a oportunidade e, embora fazendo pequenas concessões, sem jamais praticar felação ativa ou ser penetrado — um feito extraordinário, porque consegui nunca abrir exceção a essa minha norma. Pegar no membro de um padre, ou mesmo masturbá-lo, me eram, apesar de minha repulsa, aceitáveis, em último caso. Também um par de vezes deixei que gozassem entre minhas coxas, mas só quando isso se fazia incontornável. E contive, em diversas ocasiões, a náusea que quase me avassalava quando um dos padres com quem tive esse tipo de relação gemia e fazia comentários, verdadeiras declarações de amor, sobre minha pretensa beleza, pois sempre fui franzino e feio, ou atração. Possuir um padre, fosse pela boca ou pelo ânus, não me dava tanto asco, embora eu me opusesse aos beijos na boca que às vezes queriam me dar. E também dei muitas palmadas, tapas e surras de cinturão num deles, que depois ficava de quatro e me pedia para penetrá-lo com violência, enquanto lágrimas lhe escorriam dos olhos encantados.

Hoje sei que o seminário, como intuí desde o primeiro dia, era mais ou menos como uma penitenciária. Há muitos submundos nas penitenciárias e tudo se consegue, desde drogas a armas, a depender dos contatos que se fazem. Até cigarros, que nos eram vetados, embora alguns dos padres fumassem, serviam de moeda corrente e cheguei a manter, durante todo o tempo que lá passei, um estoque bastante volumoso, que usava com parcimônia e a preços altos. Não era difícil achar esconderijos na grande chácara e sempre descobri ou me mostraram vários verdadeiramente inexpugnáveis, até na caixa-d'água do grande pavilhão central. E sedimentei regras básicas que até hoje sei usar com enorme habilidade, desde a mais refinada hipocrisia e submissão fingida, até a completa impiedade. As normas vigentes fundamentais eram, como em todo seminário, a obediência e a castidade. Ora, talvez houvesse gente que praticasse ambas, mas eram tão comuns as infrações que minha astúcia, melhor dizendo ladinice, me soprava que mesmo os mais devotos tinham algum ponto fraco, que poderia fazê-los resvalar para a transgressão.

Primeira lição do seminário, por conseguinte: usar a obediência e a castidade, como dizem os praticantes de jiu-jítsu, utilizando a força do próprio adversário contra ele. Segunda lição: não pode haver exceção alguma à convicção de que ninguém merece confiança. Terceira lição: tudo pode ser obtido, se se for suficientemente arguto e inescrupuloso. Quarta lição: claro que Deus, como formulado pelos religiosos, não existe e, se existe, é indiferente ao destino humano e às simpatias e práticas exóticas que todas as religiões monoteístas mantêm supostamente porque lhe agradam, o que foi como que grafado a fogo em minha mente, logo no início da minha vida no seminário, a ponto de eu ter várias vezes de conter o riso ao ver um padre abençoando alguém, o que também me ocorreu anos depois, já ordenado, para não falar nos momentos de prece conjunta e inúmeras outras ocasiões em que o ar contrito dos envolvidos era quase o equivalente a alguém me fazendo cócegas. Quinta lição: todo mundo mente, num grau ou noutro, e é tolice acreditar que uma pessoa não está mentindo, quando, como já disse alguém, você tem certeza de que, no lugar dela, tampouco contaria a verdade. Sexta lição: dedicação permanente e atentíssima aos objetivos, sejam eles imediatos ou a longo prazo, o que significa que nem princípios, nem atos, nem sentimentos irracionais de qualquer tipo devem tolher a ação, chegado o momento mais apropriado para cometê-la. Sétima lição: não dê importância a derrotas irrelevantes ou incidentais e ceda sempre ao adversário, até que ele — o que invariavelmente termina por acontecer — deixe à mostra suas fraquezas, que então devem ser aproveitadas com decisão e implacabilidade. E há ainda outras lições, a maior parte corolário destas, o que é ocioso mencionar, além do que não estou escrevendo isto para bancar uma espécie de Maquiavel dos pobres, até porque li *O príncipe* por volta dessa mesma época e quem se interessar pode lê-lo também; não serei eu quem o vai ficar mastigando para os outros.

Meu seminário, além do mais, tinha uma característica que o tornava superior a uma penitenciária, para atividades oficialmente tidas como proibidas ou mesmo inexistentes, por impossíveis. Servia também de colégio para grande número de meninos e rapazes da cidade próxima, que serviam de ponte entre os seminaristas e a vida lá fora. Obter praticamente qualquer coisa estava ao alcance de quem quisesse, através de amizades ou pactos com esses colegas, apesar de algumas disciplinas não serem administradas em comum. Mas as que eram se revelaram suficientes para meus objetivos e até cachaça — que nunca bebi, mas usava para dominar outros seminaristas — podia chegar ao seminário, se o colega que a trazia era suficientemente habilidoso, ou bem instruído, como eram sempre os que eu utilizava. Bastava marcar um lugar antes da entrada na chácara, ou mesmo dentro dela, onde o colega deixava a garrafa e, depois, dar uma escapulida a esse local. E, invariavelmente, para não correr o risco de vir, por alguma razão imprevista, a ser denunciado, eu escolhia colegas sobre os quais tinha informações comprometedoras, tendo o cuidado adicional, apesar de professar lealdade e segredo, de sempre dar um jeito de lembrar o que eu sabia. Na verdade, as coisas eram tão simples que tenho a impressão de que mesmo os padres em cuja conduta nunca surpreendi nada que não fosse sério e honesto — pelo menos pelo que eu podia avaliar, porque também deviam cometer suas falcatruas ocultas — acreditavam que aquilo funcionasse dentro dos estatutos ridiculamente severíssimos que nos obrigavam a decorar e fingir que obedecíamos na íntegra.

E tínhamos também diversos outros contatos com o exterior. Havia, por exemplo, as lavadeiras contratadas pelos padres, todas velhas, carolas e indesejáveis para um jovem normal, mas preciosidades para quem vivia com os testículos estourando e não resolvia o problema se masturbando, como eu, que desenvolvi técnicas para fazê-lo até mesmo no dormitório, usando papel para receber a ejaculação e manobras para ninguém perceber o que já era difícil de notar no escuro. Descobri vários episódios de colegas meus com as lavadeiras e usei bem esse conhecimento, chantageando-as ou a seus comparsas amorosos, com uma habilidade que parece inata em mim, pois, no mais das vezes, eu conseguia que a chantagem parecesse ser não uma pressão, mas um favor de minha parte. "Estou cometendo um pecado, não contando isto aos padres, mas cometo esse pecado porque gosto de você", fórmula que, com pequenas variantes, acabei usando a vida toda, quando se fez necessário.

E havia outras atividades, até mesmo namoros de colegas seminaristas com irmãs de outros colegas que moravam na mesma cidade e cujas famílias iam visitar os filhos em dias previamente marcados. Também jogos de futebol, em que nossas equipes enfrentavam outras da mesma cidade, ou mesmo torneios intermunicipais, embora sempre em nosso campo, nunca fora. Eu próprio não jogava, por desinteresse e incapacidade, mas aproveitava com grande competência as inúmeras oportunidades que surgiam quando o seminário se abria a um público para ele vasto. Por paradoxal que pareça, o que menos se podia aproveitar eram as saídas semanais para a cidade, sempre em grupos e sujeitas a restrições muito mais eficazes fora do seminário do que dentro dele, a ponto de muitos preferirem, alegando razões piedosas ou algo equivalentemente mentiroso, não aproveitar as saídas, geralmente passeios maçantes, que terminavam compulsoriamente antes das cinco horas da tarde, quando tínhamos de voltar para as obrigações religiosas habituais.

Enfim, já passado o primeiro ano, eu construíra uma atmosfera de poder e influência que, sem exagero, me punha, sob certos aspectos, em situação de maior comando até do que a de alguns dos padres. E, a essa altura, embora não tivesse plena consciência do que e como faria, sabia que um dia me vingaria da perseguição — inócua, graças a meus protetores, mas não obstante perseguição — de padre Corelli, um italiano vermelhão, robusto e truculento, que me causava invencível aversão física e com quem me recusei a ter qualquer contato sexual. Mas isto deverá ser narrado depois. Por enquanto, creio que fiz um retrato mais ou menos fiel da minha vida inicial de seminarista, que só mudou substancialmente, nos anos subseqüentes, no que se referia à minha sempre crescente aquisição de mais poder. Agora quero contar, para deleite de meu próprio ego, algo de minhas férias, de volta à fazenda principal de meu pai, minha casa desde o nascimento.

As férias, no início dos meus estudos para padre, tinham a vantagem de me libertar do ambiente vigilantemente tenso com que tive de cercar-me, mas ao qual em pouco tempo me acostumei a estar qual um peixe em água mansa. A estada em casa, naturalmente, significava o convívio peçonhento com meu pai e minha madrasta, de forma que, já da primeira vez, acho que preferia o seminário. E outro inconveniente das férias, se bem que infinitamente mais suportável, era a minha obrigação de apresentar-me ao pároco da cidadezinha onde ficava a fazenda. No caso de alguns colegas, eles se tornavam verdadeiros criados de seus párocos, mas, no meu, isso não ocorria, devido ao temor que meu pai, em sua posição de coronel despótico e atrabiliário, despertava em todos. Mas meu pai decidiu que eu levaria ao extremo estar à disposição do pároco, de maneira que praticamente tive de mudar-me para a casa paroquial, onde não fazia nada, a não ser confessar-me, assistir às missas, tomar comunhão e ler o que me apetecesse. Mal sabia meu pai que esse verdadeiro degredo, que só se interrompia, a pedido do pároco, a cuja ingenuidade a hipocrisia de meu pai não permitiu uma negativa, na quinta e na sexta, "para que o menino não perdesse a convivência com a família, já tão sacrificada com o internamento no seminário", que com isso colaborou preciosamente com os planos que eu já começava a traçar, com a meticulosidade de sempre. E mal sabia que sua recente conversão ao uso de "fórmulas" e vitaminas modernas para recém-nascidos e sua insistência no cumprimento de rotinas rigorosas também me ajudariam muito, pois, num pressentimento que se delineava em minha cabeça, a observação minuciosa das rotinas da casa seria fundamental para o sucesso de meus planos. Descobri também que a chave do pequeno armário da despensa onde eram guardadas as fórmulas era dessas primitivas, com um buraquinho no centro, que permitem o uso de outras semelhantes, para abrir a fechadura sem dificuldade. E também vi as caixas americanas de uns envelopes de cálcio, sais minerais e vitaminas, que todas as manhãs Ana, a nova encarregada de ajudar no cuidado da minha irmã, em lugar de Rosalva, dissolvia na fórmula já pronta, na mamadeira — uns envelopes de papel grosso e encorpado, cujo formato examinei em segredo e sobre os quais tirei conclusões fáceis, que mais tarde aproveitaria. Essa era a única ocasião, durante a manhã, em que alguém se aproximava do armário, que só era aberto de novo à noite, para que Ana pusesse nele de novo a caixa dos envelopes e as latas das fórmulas em uso, que, durante o resto do dia, ficavam expostas.

Eu chegava à fazenda nas noites das quartas e voltava à casa paroquial nas madrugadas do sábado, antes mesmo de o sol nascer, supostamente para não faltar às minhas obrigações na paróquia, mas na verdade porque meu pai gostava de me acordar aos sustos, a ponto de ter comprado um regador pequeno para lançar água fria em meu rosto adormecido, coisa que, bem sei eu, é difícil de crer, mas, como tudo o mais que estou contando, efetivamente aconteceu — e até me lembro a forma oblonga do pequeno regador de alumínio, ornamentado por desenhos esmaltados de flores silvestres, aos quais ele acrescentava silvos de passarinhos. Era esse o método que alternava com gritos repetidos de "acorde, que está na hora do fuzilamento!", o que também sei ser difícil de crer, mas é a pura verdade, tornada ainda mais inverossímil pelo fato adicional de que ele ria muito de meu susto e me repreendia pelo meu mau humor em não rir também com ele, assim não partilhando com ele, mais uma vez, nenhum momento de satisfação. E eu aproveitava essa "falta" para preencher minhas confissões quase diárias com o pároco, que mal me dava penitência.

Ainda assim, nunca achei o pobre-diabo do pároco uma boa pessoa, sempre o achei um fraco destituído de inteligência, mas suficientemente sabido para tentar agradar a todo custo o poder que meu pai encarnava. E não me abri, por mais afetuoso que ele demonstrasse ser, talvez até com alguma sinceridade, pois somente, no ver dele, o beneficiava, exceção à minha postura de não confiar em ninguém. Você pode não acreditar, mas eu acredito que algum uso do que ouve na confissão o padre, até inconscientemente, faz. Talvez até uma grande parte o faça conscientemente, pois até eu mesmo, que já ouvi muitas confissões, senti na beata ajoelhada um convite maldisfarçado à fornicação. Sei disso desde os primeiros meses no seminário e cada vez sei mais. Eu nunca sequer toquei nos meus "pecados" irreveláveis, porque não podia pôr fé naquela palhaçada, que facilmente se tornaria perigosa para mim. E assim, como até pouco tempo atrás, embora em outro nível, as confissões que o pároco e os padres do seminário ouviam limitavam-se a uma desobediência ou outra, ou pequeníssimas faltas, que eu, aparentando uma pureza semidivinal, erigia em ofensas gravíssimas a Deus, merecedoras de confissão e castigo. Sempre que me confessei e me confesso, menti e minto, e não só creio que apenas os que sofrem de graves distúrbios mentais não mentem, como acho que todos mentem de uma forma ou de outra, até porque mentem a si mesmos, condição esta de que só os que se assemelham a mim — e somos muitos, como você mesmo pode ser, embora talvez se esconda de si mesmo — escapam. Eu tenho certeza de que não minto para mim mesmo e você deveria fazer uma avaliação sobre se não mente a si mesmo, porque é um grave prejuízo e fonte de distúrbios mentais e emocionais. Mentir a si mesmo é grave, mentir aos outros não é grave; mentir a si mesmo, enfim, é burrice; mentir aos outros, a não ser futilmente, é de uma extraordinária utilidade. Todos os que têm algum senso e, por alguma razão de conveniência, precisam confessar-se, deviam fazer conscientemente a mesma coisa. Eu arrumo na cabeça todo um elenco plausível de pecados, para que não pareça estar ocultando alguma coisa. E, como já disse a respeito de coisas análogas, a bênção do pároco me dava vontade de rir e a penitência, mesmo levíssima, eu apenas fingia cumprir, genuflexo na capela da fazenda ou na Matriz da cidade. "Menino exemplar", dizia o pároco a meu pai, "menino exemplar, será um grande padre". Claro que meu pai não respondia, ou respondia com uma frase feita qualquer, porque tratava o pároco quase da mesma forma que a um empregado, apesar de fazer questão de ir à missa todos os domingos, confessar-se e comungar, com toda a certeza mentindo até mais do que eu, juntamente com minha madrasta.

Mas o fato mais marcante dessas minhas férias foi a apresentação de minha irmã; não posso esquecer esse dado básico, que só me fez fortalecer a decisão que, cada vez mais claramente, se delineava em minha cabeça. Minha madrasta a segurou diante de mim e eu a achei uma criatura feia e quase nauseabunda. Não sei com exatidão quanto tempo ela tinha de nascida, mas mal abria os olhos, dormia o tempo todo, e a lembrança que mais me persegue é o cheiro de merda que se evolava lá de dentro quando eu passava pelo quarto onde mantinham o berço dela. Quanto a ela própria, só me resta a memória de repugnância e ódio. Não tinha previsto que esse ódio surgiria tão espontaneamente, mas foi o que me acometeu, ao ver aquela cara minúscula, cheia de pintas rosadas, uma boca quase sem lábios e a cabeça com cabelos ralos e repelentes. No começo, achei interessante que meu pai não fizesse questão de que eu prestasse alguma homenagem ou vassalagem a minha irmã, porque ele seria capaz até, por puro prazer em me trazer desconforto, de me fazer trocar-lhe as fraldas fedorentas e bodosas. Pensei de início que era por causa de minha madrasta, que não queria que eu me aproximasse da irmã e vivia dizendo que eu andava sempre sujo, cheio de micróbios que poderiam contaminar a criança. Mas um dia, repentinamente, ele me chamou ao seu gabinete, não me autorizou a sentar-me e me fez uma pergunta surpreendente e inopinada:

— Que é que você acha de sua irmã?

— Acho que agradeço a Deus, por me ter dado uma irmãzinha tão bonita, Deus há de abençoá-la e eu irei protegê-la em tudo o que puder — menti, com a fala melíflua e a cara piedosa que já se tornaram a poderosa arma que usaria durante toda a minha vida. Não sabia aonde ele queria chegar e estranhei que ele me fizesse tal pergunta, mas não me traí nem por um pequeno gesto.

— Sim — respondeu ele, fazendo um longo silêncio, que eu sabia não poder interromper, mas esperava dele um simples "pode ir", como de costume. Ele, porém, se levantou, olhou pela janela como se estivesse ponderando alguma coisa e me falou novamente.

— Sim, está certo — disse finalmente, voltando-se para mim quase com a expressão colérica que assumia ao me espancar, e eu endureci os músculos, pronto para ser golpeado, embora não pudesse adivinhar por que ele, aparentemente, queria me bater, mistério que se tornara rotina desde meu nascimento. Avançou em minha direção, ficou a um passo de mim e, esguichando perdigotos que eu não podia limpar sob pena de surras mais severas, aos berros de "tem nojo de mim, cachorro?", falou com a voz enraivecida que já me era tão familiar. — Sim, mas eu queria um filho homem, não queria mulher.

— Mas o senhor já tem um filho homem. Eu sou homem. Padre pode usar saia, mas é homem.

— Moleque! Está querendo engrossar o cangote, é? Fazendo gracinha, é? Não sei onde estou que não lhe dou uma surra de cipó! Quer levar uma surra de cipó?

— Não, senhor.

— Fale alto, feito homem! Diga alto: não quero!

— Não quero.

— Até falando alto você não deixa de fazer essa sua cara cínica e apatetada que herdou de sua finada mãe, a quem puxou até na cara safada. Quer responder alguma coisa? Ande, diga, quer responder alguma coisa?

— Não, senhor.

— Nem para defender sua finada mãe você serve, você é uma pústula mesmo, mas já sei disso há muito tempo. Eu queria um filho homem, um filho homem com H maiúsculo, entendeu? E você é um merda, não se interessa por nada que valha a pena, não faz nada para seguir meus bons exemplos ou qualquer bom exemplo, prefere ficar lendo besteiras e se misturando com aquela ralé da Goiabeira! E ainda tem a ousadia de se apresentar como meu filho homem! Graças a Deus, minha mulher, minha verdadeira mulher, não tem leite e usa as fórmulas que eu mando buscar para a menina, que, aliás, são uma alimentação muito mais completa do que o leite do peito, muito mais científica. Já me disseram que mulher parida não pode ter filhos logo em seguida, mas sua mãe para todos os efeitos, que lhe quer tanto bem e você retribui com essa cara cínica e esse abestalhamento, sua mãe vai poder, temos diversos casos de filhos encarreirados aqui mesmo na fazenda. É bem capaz de que, quando você voltar nas próximas férias, ela já esteja esperando meu filho homem. Finalmente, vou ter um filho homem e não um merda como você.

— Sim, senhor.

— Ninguém lhe perguntou nada! Dê-se por muito feliz que hoje é dia de meu santo e eu não vou estragar o dia quebrando sua cara, embora vontade e razão não me faltem. Pode ir.

Fui. Não falei nada a ninguém, não tinha mesmo com quem falar, como não tenho até hoje. Mas, de noite, com a janela aberta, me levantei no escuro para ouvir novamente a voz de minha mãe, e ela não me faltou. Que eu esperasse, que a mão do destino e as mãos dela me ajudariam. Deixasse que ele dissesse que eu não era filho homem, ele veria o que ia acontecer. Voltei para a cama e dormi, ainda ouvindo aquela voz suave, mas cheia de ódio e determinação. E assim se passaram minhas primeiras férias do seminário, que incluíram, ainda, um purgante de óleo de rícino e outro de sulfato de sódio, dos quais eu não precisava, mas minha madrasta exigia que eu tomasse e ainda recriminava esse "sem-jeito" por não ser grato a quem se preocupava com a sua, minha, saúde. Eu não sabia como, mas ela não perdia por esperar, eu estava seguro. Aliás, tão seguro que creio que, inconscientemente, já sabia tudo o que iria fazer. Minha mãe tinha um filho homem de verdade, que mostraria sê-lo. E, de fato, logo nas minhas terceiras férias, tomou maravilhosamente forma o plano que eu traçaria e cumpriria.

Não sei o que me guiou, nem como cheguei lá, mas, na biblioteca do seminário, que também servia aos alunos do colégio, ao procurar alguma coisa para ler que não fossem vidas piegas de santos e outras baboseiras, dei de cara com um livro chamado, se bem me lembro, *Manual do agricultor*. E lá estava, brilhando diante de mim, a resposta, o caminho a seguir. Confesso que, a despeito de mim mesmo, fiquei nervoso e, dia após dia, lia e relia a pequena parte do manual que me interessava, pois não podia copiá-la e fazia por onde não ser notado, passando para alguma página que tratasse de adubação, pomares, ou coisas assim, tão logo alguém se aproximava. Mais tarde, encontrei menções ao mesmo assunto na coleção da revista *Chácaras e quintais*, que o seminário mantinha e de que meu pai era assinante e leitor atento. Claro, claro, seria muito azar não estar ali a solução — e eu não tenho azar. Decorei praticamente tudo e tive uma febre leve, certamente causada por ansiedade, às vésperas de minha viagem para as férias do terceiro ano. Eu sabia, sabia qual era a solução!

E também fui informado de que agora tinha um irmão, através de um telegrama enviado por meu pai e que padre Cornélio me entregou fechado, ao contrário da prática do seminário, que era de abrir qualquer correspondência destinada aos seminaristas ou enviada por eles. Os meus colegas que não tinham esse privilégio contornavam o problema de qualquer forma, através dos alunos do colégio, mas eu não precisava disso, porque padre Cornélio era dos meus padres — não dos mais constantes, mas um de meus padres, com quem eu tinha contato sexual sempre que baixava à enfermaria, ponto muito usado para esses encontros, porque, à noite, geralmente estava escuro como breu e sem ninguém por perto. Às vezes, ele próprio me pronunciava doente, depois de me pedir que tossisse ou anunciasse alguma dor de barriga. Quando não era assim, pretextava uma ida minha à cidade, para consultar, por exemplo, um dentista e, no caminho, entrávamos no mato para que o satisfizesse, deixando-o chupar-me quanto o saciasse.

O telegrama dizia somente: "Agora tenho filho homem." Talvez alguém diferente de mim tivesse uma crise de choro, despeito, raiva ou depressão, mas aquilo só me alegrou. Guardei o telegrama e volta e meia o relia, para reviver a sensação de contentamento que ele me proporcionava, contentamento este que, logo depois, seria inexcedivelmente coroado com a comunicação, desta vez mostrada a todos, que antecipou em uma semana minhas férias. Minha madrasta havia morrido de complicações puerperais e dei a notícia no seminário com a voz embargada e a expressão dorida e lacrimosa, que também ensaiava assiduamente, pois sabia que precisaria dela em algumas ocasiões. A maioria dos padres e muitos colegas passaram o dia me consolando, o que me obrigou a considerável exercício de paciência, porque, na verdade, eu queria estar comemorando. Parte da vingança, se bem que talvez a menos importante, já estava cumprida, sem nenhuma interferência de minha parte. Mas meu fingimento não deixou de constituir-se em excelente subsídio para meu treinamento e estou certo de que, como outros episódios análogos, me tem servido pela vida afora. E cheguei, sim, a comemorar, embora sem o conhecimento de ninguém, porque, de noite, na véspera de minha partida para a fazenda nas férias antecipadas, a voz de minha mãe se fez ouvir de novo com vivacidade, entremeando mais uma vez o farfalhar das copas das árvores. Sim, me disse ela, eu não precisara interferir na primeira parte da vingança, tinha mostrado mais uma vez como era um rapaz e seria um homem a quem o destino sempre se mostraria, em última análise, favorável. Mas eu não podia esquecer, advertiu ela, que ainda havia muito, o principal, a ser feito. Aquela coincidência feliz não podia demover-me do cumprimento de meu dever, nem enfraquecer minha determinação. E, com o coração jubiloso, conversei com minha mãe grande parte da noite, ambos regozijados até quase o êxtase. E ela sabia, como eu também, que eu não falharia.

Já no trem, o plano estava praticamente traçado. Habilidade manual não me faltava, pois sempre fui jeitoso para desenhar e manipular objetos e até máquinas. As duas chavezinhas que surrupiara no seminário, praticamente idênticas à do armário onde eram guardadas as fórmulas na fazenda, já estavam em meu poder, escondidas no forro de minha valise que, de qualquer forma, ninguém jamais examinava. A gilete azul eu não precisava comprar, pois, quando fosse ficar na casa paroquial da cidade, podia perfeitamente usar uma das que o pároco tinha sempre em estoque, no banheiro, e ele, além de tudo, era distraído demais para dar falta de uma simples gilete. A cola eu conseguiria, fosse a goma-arábica dele, fosse cola feita de clara de ovo e farinha de trigo mesmo, embora eu preferisse a goma-arábica, por não correr tanto o risco de chamar a atenção quanto o preparo de uma cola, mesmo com algum pretexto razoável; era um risco que eu não devia correr. As caixas dos sais minerais americanos, compridas, estreitas e cilíndricas, cada uma com sessenta envelopes empilhados um a um e com uma espécie de costura plissada numa das bordas, a serem retirados dois a dois, um para cada mamadeira, rasgados, para terem seu conteúdo despejado nas fórmulas que iriam às mamadeiras e jogados no lixo, eu também conhecia. Eram, até bem mais que os envelopes, fáceis de abrir, pois suas tampas eram de metal e rosqueadas, tornando impossível saber se alguém tinha mexido nelas antes. E também eram jogadas no lixo depois de esgotadas, o que, somente por uma questão de perfeição que mais tarde revelarei, me tranqüilizava de todo. Restava verificar o armário velho dos suprimentos agrícolas, onde eu tinha absoluta certeza, embora a dúvida fosse mínima, de que encontraria o de que necessitava. Pronto, agora era não me apressar, não me afobar absolutamente, não antecipar gesto algum, não me permitir nervosismo ou ansiedade, não antecipar acontecimentos inusitados e cumprir toda a ação com a frieza indispensável. Mas eu conseguiria tudo isso, tinha certeza, além de contar com a ajuda infalível de minha mãe, que de alguma forma colaboraria — eu não sabia como, mas colaboraria.

Desci do trem já com a máscara compungida que apresentaria a meu pai. Não que tivesse grande esperança de que isso me pouparia alguns tapas, porque ele nunca precisava de razões claras, mas era o melhor alvitre, de qualquer forma e, mais ainda, não havia escolha. Na estação, como da outra vez, o empregado Claudomiro me esperava numa das camionetes da fazenda, geralmente usada para transportar estrume, embora me fosse permitido viajar na boléia. Só que ele podia mandar outro veículo, dos vários que a fazenda tinha, o que não fez para achincalhar-me como sempre. Cheguei à fazenda já pela tarde e meu pai estava fora, supervisionando e participando, como gostava, do tratamento dos bois e das plantações dele. De novo, senti, mas sob inteiro controle, vontade de dar continuidade imediata ao plano já elaborado, embora o impulso tenha ficado tão forte que minhas têmporas latejavam. Não, calma, calma; deliberação e calma. No fim da tarde, ele voltou sem que eu percebesse e apareceu, já banhado e vestido com roupa limpa, no quarto onde eu fingia ler um livro de orações. Não havia nada o que criticar na minha atitude, ao pôr o livro de lado e me levantar para recebê-lo, embora um abraço estivesse fora de cogitação. Mas seu ódio por mim sempre encontrava um motivo para me agredir, mesmo que eu estivesse cumprindo fielmente alguma ordem sua, como aconteceu inúmeras vezes.

— Sua mãe morre, eu espero lhe encontrar na capela, rezando pela alma dela, e o que encontro é você, com essa cara cínica, lendo um livro profano — disse ele, quase gritando, enquanto eu notava que, diferentemente do que acontecera depois da morte de minha mãe, ele usava um fumo bem visível, na gola esquerda do colarinho da camisa.

— Não é um livro profano — respondi, levantando o livro e mostrando-lhe a capa, para depois baixar a cabeça. Mas ele não deu importância à minha resposta, como eu já esperava, pois nunca deixou que as evidências constituíssem obstáculo a seus argumentos ou intenções.

— Levante essa cabeça! Só vive de cabeça arriada, deve ser por causa dessa cara cínica e sem-vergonha que não consegue esconder. Ande, levante essa cara!

— Sim, senhor.

— Ninguém lhe perguntou nada, eu só mandei você levantar a cabeça e deixar de andar como um vira-latas vagabundo! O senhor rezou pela alma de sua mãe, rezou?

— Rezei, sim — menti eu, que de fato estivera ajoelhado na capela um bom tempo, embora com a cabeça imersa em meus planos e sem proferir sequer um trecho de oração. — Rezei na capela um rosário inteiro, até ainda agorinha.

Ele não duvidou. Sim, acreditava que eu, com a minha fragilidade de maricas fracote, tinha rezado mesmo e não ousaria mentir-lhe, porque ele descobriria qualquer mentira minha, mais cedo ou mais tarde — e eu ri por dentro. Sim, minha mãe tinha morrido em conseqüência de complicações do parto, mas morrera lhe concedendo a bênção que tanto esperava, a bênção de um filho homem. Sim, agora ele tinha um filho homem e eu que tratasse de ser padre até o fim, porque meu destino, ele já antevia, era o de um fracassado, moleirão e aparvalhado, socado em alguma paróquia de quinta categoria, porque ser bom aluno como eu não era suficiente, era preciso também ter tutano, coragem, iniciativa, coisas estranhas à minha natureza e que eu, com toda a certeza, havia herdado da finada minha mãe de sangue, que Deus a tivesse, coitada, com toda a sua debilidade mental. Sim, embora pouco se importasse, agora eu me limitasse a passar em sua casa o tempo que não pudesse estar em outro lugar e não procurasse muito contato com ele e meu irmão — esse, sim, de sangue bom e colhões de macho, Deus ouvira a quem tanto, como ele, O louvava. Sim, claro que estava enlutado e pesaroso, embora não chorasse, porque homem não chora. Sim, fizesse eu o que quisesse, dentro dos limites que já conhecia, cumprisse minhas obrigações e não o aporrinhasse. Mandaria Rosalva me mostrar meu irmão, só em consideração a um dever cristão e para que eu visse com meus próprios olhos que agora ele tinha um filho homem, um filho homem — repetiu — de colhões empretecidos e rijos, não um quase hermafrodita como eu. Sim, e também não procurasse aproximação com Ana, que não só era jovem e bonita e, portanto, companhia imprópria para um seminarista, como não queria outra Rosalva em casa, já bastava aquela peste esdruxulamente privilegiada, que só não expulsava da fazenda por caridade e era da mesma laia que eu, tanto assim que nos dávamos tão bem. Deu as costas como quem faz uma meia-volta militar e saiu do quarto. E minha mãe, na mesma hora, murmurou o que não era mais necessário dizer, mas era bom de ouvir. É agora, meu filho, é de agora em diante que vais começar a completar a vingança, estou a teu lado, estamos juntos e leva adiante as tuas preparações, que estão muito bem encaminhadas.

JOÃO UBALDO RIBEIRO

Mais tarde um pouco, depois da ceia, durante a qual não me era permitido falar, a não ser depois de ele dizer *Dei gratia*, o que quase nunca acontecia e, quando acontecia, era porque ele queria me fazer alguma pergunta, Rosalva veio me procurar na capela, onde eu fingia que rezava, mas na verdade esperava só a manhã do dia seguinte e não pensava em outra coisa além do que iria fazer. Já tinha a colher de chá que furtara da gaveta do faqueiro da cozinha e por cuja falta ninguém daria e repassava tudo minuciosamente na cabeça, porque queria deixar o mínimo possível ao acaso, nenhum pormenor podia ser descuidado. Rosalva me bateu no ombro com delicadeza e me disse que, por ordens de meu pai, ela devia me chamar para, à luz da lanterna de querosene mais forte da casa, me mostrar meu irmãozinho. Antes eu julgava que só veria meu irmão porque era impossível desobedecer a meu pai, mas, na hora, me veio um inesperado desejo de ver a criatura. E lá estava ela, com Ana à beira do berço como uma sentinela e só um olhar para ela me deu a certeza de que agora ocupava o lugar de amante de meu pai antes pertencente a Rosalva. Seus ares eram de dona da casa e de superior tanto a Rosalva quanto a mim. Não pensei muito no assunto nessa ocasião, mas recordo que achei ironia na situação e pensei em como ela não sabia o que provavelmente a esperava, depois que meus planos dessem resultado. Ela se limitou a nos observar, como se estivesse pronta a intervir em qualquer coisa que fizéssemos e com a qual não concordasse. Rosalva afastou delicadamente o cortinado de filó e lá estava meu irmão. Dormia de bruços, com o rosto voltado para o lado direito, a mesma cara de joelho repelente da minha irmã, na primeira vez em que a vira. Afetei carinho, cheguei a alisar-lhe suavemente a cabeça, abençoei-o com o sinal-da-cruz e beijei a ponta de meus dedos em sua direção. Logo em seguida, demos boa-noite a Ana, que respondeu quase com um grunhido, e saímos.

Muito bem, me disse Rosalva, quando já estávamos fora, eu continuava um menino perfeito. Tente compreender seu pai, acrescentou, num tom parecido com o que às vezes minha mãe usava, quando viva. Ele na realidade gostava de mim, era o jeito dele, não se conformava que seu primeiro filho não tivesse inclinação para coisas da fazenda, não gostava de montar a cavalo, não era nada do que ele projetara, era só isso. Mas pai é pai, e ele, no fundo, me queria muito bem, aquele jeito de me tratar era por me ter amor e achar que eu não lhe retribuía. Na verdade, era um homem de coração muito bom, por trás daquela carranca, um homem que faria qualquer coisa por mim e, quando me batia, se arrependia logo em seguida, só que sua natureza não permitia que ele me revelasse isso.

— Eu sei — respondi. — Meu pai é meu pai e está escrito: honrarás pai e mãe. Acima de meu pai, só Deus.

— Isso mesmo, meu filho, você é um verdadeiro anjo.

— Não, Rosalva, não sou. Sou um pecador, como todos os homens. Apenas procuro andar pelo caminho certo.

— E anda! E anda! Ainda vou lhe ver bispo. Eu peço muito a Deus que me dê vida para lhe ver bispo, fico imaginando beijar o anel de um bispo de quem fui ama, ah, meu filho, você só me dá alegria.

— Obrigado, Rosalva, você é que é um exemplo — respondi, lembrando meu irmão, meio-irmão, com ódio puro e simples, embora ele, naturalmente, nunca tivesse me feito nada, nem nunca faria. Mas meu ódio já estava em mim fazia muito tempo, não haveria nada que o dissolvesse. Não só ódio, como nojo, desprezo e revolta por ele existir. E, pouco mais tarde, na escuridão de meu quarto, a voz de minha mãe, desta vez com uma clareza que me fazia chegar a duvidar de que outras pessoas não a estariam ouvindo, me veio de novo. Sim, aquele menino não era meu irmão, não era filho dela, era o fruto de uma ligação espúria, não valia nada. Vingança, vingança, repetiu minha mãe, antes de a noite aquietar-se outra vez e eu ir para a cama insone.

Praticamente não dormi e, no dia seguinte, uma sexta-feira, esperei impaciente o dia clarear, saindo da cama antes que meu pai tivesse a oportunidade de despejar outra vez o regador em minha cara, o que, aliás, o descontentou e o fez comentar que eu só me levantara porque, ao contrário dos homens verdadeiros, não gostava de tomar banho frio. Embora minha vontade fosse sair correndo em direção ao galpão onde tinha certeza de que acharia o de que necessitava, tive de esperar que meu pai cumprisse seus horários, que incluíam comer cuscuz de milho ralado com ovos, jabá frita e café com leite, para depois sair, a cavalo ou de jipe, conforme o dia. Forcei-me a permanecer na capela, fingindo rezar, até o dia amanhecer por completo. Eu gostava da mesma refeição que meu pai, com exceção do café com leite, que ele sempre me obrigava a tomar, em lugar de café puro, se estivesse presente. Mas, nesse dia, nem o aroma que Rosalva dava ao ambiente, jogando um pouco de pó de café numa frigideira seca, me deu fome e comi sem vontade, somente para não despertar suspeitas, a ponto de Rosalva me perguntar se eu jejuava muito no seminário, para comer tão pouco. Disse-lhe que não, que era apenas o desgosto de ver a casa sem minha madrasta, sabendo que ela fazia tanta falta a meu pai. Ela acreditou, mas me seguiu durante um tempo que me parecia interminável, até que pedi para ficar sozinho, afetando ler o mesmo livro da véspera, numa das redes do varandão. E, finalmente, com ela ocupada em seus outros afazeres, pude, como quem passeava a esmo num dia de folga, entrar no galpão que me interessava e que, felizmente, ficava por trás de um mangueiral enorme, por onde quase ninguém costumava passar. E lá estava, lá achei o que procurava, mas não podia ter certeza: uma série enorme de prateleiras, sacos por todos os cantos e ferramentas de todos os tipos, além de um armário que, na verdade, devia estar fechado por um cadeado, mas este já fora roído por ferrugem havia anos e era um mero penduricalho quebradiço e sem função.

No começo, tal a minha ansiedade, não encontrei o que procurava. Formicidas, raticidas, carrapaticidas, nada do que me interessava, porque eu não sabia o gosto que tinham nem a dose mínima necessária e temia que meus irmãos refugassem as mamadeiras, com o resultado de que eu possivelmente perderia a oportunidade de matá-los com veneno. Subi numa escadinha velha que ficava encostada a uma parede e, o coração batendo às pressas, comecei uma busca nas prateleiras do armário. Continuei sem achar o que procurava, mas, como um raio de luz cegante, de repente despontou diante de mim um pote de vidro marrom-escuro, com um rótulo escrito a mão: "Veneno, arsênico branco". Sim, estava lá! A mania de meu pai por fórmulas não se limitava à alimentação dos filhos, mas a tudo o mais. Ele próprio misturava os pesticidas que usava na lavoura, nas madeiras, no gado e em tudo o mais que fosse vitimado por pragas. Arsênico branco, com a textura quase igual à do pó branco dos sais minerais acrescentados às mamadeiras matinais de meus irmãos. O que eu lera no livro do seminário e nas revistas se apresentava diante de mim, à minha inteira disposição. Então procurei acalmar-me, desci da escada e descansei alguns minutos, porque a emoção havia sido muito forte. Nada de brincadeiras com aquela substância, nada de sequer cheirá-la ou tocá-la com as mãos desprotegidas.

Depois de suficientemente calmo, cumpri a primeira parte do plano. Com a colherzinha que furtara, pus três colheradas inteiras na latinha de pomada que também tirara da enfermaria do seminário e lavara cuidadosamente havia dias. Sabia que apenas uma colherada daquelas devia ser suficiente para matar um cavalo, mas não ia arriscar-me a um imprevisto, pois queria estar absolutamente certo do resultado. Fechei o vaso e, porque já tinha lido livros que mencionavam o assunto, esfreguei nele todo um pano sujo que encontrei no próprio balcão. Claro, ninguém iria, naquele fim de mundo onde só havia dois policiais e um delegado bêbado, procurar impressões digitais depois do assassinato, mas minha natureza não permitia que eu esquecesse aquela providência, que me eliminava mais uma insegurança, por mínima que fosse. Passei outro pedaço de pano na latinha, enfiei-a no bolso, saí do galpão e a escondi provisoriamente num oco de figueira que conhecia desde pequeno e era uma árvore da qual poucos se aproximavam, pois a consideravam amaldiçoada por ser freqüentada por bandos de morcegos, para somente pegá-la mais tarde, já ao anoitecer, na hora em que meu pai estava tomando o seu costumeiro banho prolongado de fim de tarde, de onde saía recendendo a odores que até hoje me fazem mal.

 Estava cumprida a primeira parte do plano. Revi na cabeça tudo o que tinha feito, inclusive encostar escrupulosamente a escada no mesmo lugar onde a encontrei, passar-lhe também um pano e fechar o armário com o cadeado imprestável praticamente na mesma posição em que estava antes. Agora viria a segunda parte, que eu já tinha estudado. A caixa comprida, onde eram guardados os envelopes de sais minerais no momento sendo usados, ficava no mesmo aparador, junto ao armário da despensa em que as outras eram conservadas. Nem as abertas nem as fechadas apresentavam qualquer problema para serem manipuladas, bastava remover-lhes as tampas. O problema era tirar uma de dentro do armário sem que ninguém percebesse. Meu plano era retirar dois envelopes de uma das caixas ainda sem uso e supostamente nunca abertas e substituí-los por dois outros, tirados da caixa em uso, que eu usaria para violar e acrescentar o arsênico. Parece uma idéia complicada, mas era, na verdade, muito simples, como você verá. Já no meio da tarde da sexta-feira, numa hora em que nunca havia ninguém na despensa ou mesmo na cozinha, abri o armário com minha chavezinha, peguei uma das caixas ainda a serem utilizadas — e, para minha tranqüilidade, eram apenas duas, o que me assegurava seu uso numa ocasião que me fosse propícia, como você também verá —, tirei dois envelopes e os deixei cair na caixa em uso, no lugar dos dois que já havia retirado dela. Não era provável, mas sempre podia ocorrer que Ana notasse a falta dos dois envelopes e, por isso, também aboli esse risco. Tomei o cuidado de esfregar um pano de cozinha em ambas as caixas. Quanto aos envelopes em meu poder, escondi-os cuidadosamente, junto com a latinha de arsênico, embaixo do forro da valise velha que usava para levar minhas roupas e outros objetos para a minha temporada costumeira na casa paroquial.

De noite, outra vez com dificuldade em dormir, passei longo tempo ouvindo a voz de minha mãe, que me reassegurou, em tom orgulhoso, que eu havia planejado tudo com quase absoluta precisão, deixando apenas uma margem mínima e praticamente impossível para o acaso. Eu mostrava assim, despediu-se ela, que não era um imbecil frouxo como julgava meu pai, mas um homem que, ainda no começo da adolescência, tinha decisão, argúcia e coragem. Não me levantei da cama na madrugada do sábado e, com uma espécie de satisfação mórbida, deixei-me acordar pela água do regador de meu pai em meu rosto e seus habituais insultos, depois do que parti, na camionete do estrume, para a casa paroquial.

Assim que terminou a missa das oito, última do sábado na Matriz da paróquia, fui ao banheiro e peguei com facilidade uma gilete entre as muitas que o padre guardava num aparelho então em uso, chamado "munidor". Uma a mais, uma a menos não fariam diferença para ele. Em seguida, como já do meu costume, fui para o escritório do padre, na verdade duas salas amplas e cheias de estantes, com uma escrivaninha que ele destinara a meu uso. A goma-arábica estava a postos, a lata com o veneno também. Examinei as bordas pregueadas dos envelopes e vi que, com jeito, facilmente as abriria com a gilete. Fiquei nervoso no início, mas caminhei um pouco para cima e para baixo, respirei fundo, fechei a porta da sala, ato com que também o pároco se habituara, reagindo bondosamente quando lhe disse que meu pai não permitia que eu me trancasse em casa e dizendo que ali eu teria esse direito, até porque ele sabia, o que, aliás, quase sempre era verdade, que eu passaria meu tempo lendo e estudando, como o menino exemplar que era.

Metodicamente e com gestos deliberadamente pausados, dispus sobre a escrivaninha a colher que usaria para pôr o veneno nos envelopinhos, a gilete, a latinha do arsênico e um palito de dentes que também usaria para aplicar a goma-arábica, já que o pincel dela era grosseiro demais para o trabalho delicado à minha frente. Examinei os envelopes. Como eu previa, não era difícil fazer cortes delicados na margem pregueada e ter acesso ao conteúdo. Fiz isso em poucos minutos, sem sequer um tremor nas mãos. Retirei de cada envelope mais ou menos a quantidade de pó que substituiria pelo arsênico e embrulhei tudo numa folha de papel almaço, que mais tarde jogaria fora, junto com a colher e a latinha. Abri com cuidado a latinha e pus mais ou menos uma colher cheia em cada envelope. Minha vontade era pôr mais, mas sabia que aquilo era muitíssimo mais do que o bastante para atingir meu objetivo. Com a ponta fina do palito untada de goma-arábica, reconstituí os envelopes, que ficaram perfeitos, sem o menor indício de que haviam sido manipulados. Fiz outro embrulho de papel almaço para a latinha e a colher, recostei-me na cadeira, olhei minha obra e fiquei feliz. Só faltou a voz de minha mãe para me aplaudir, mas desta feita ela não veio.

Por segurança, de novo me incuti calma, a fim de esperar, lendo, o tempo suficiente para a goma secar. Com toda a paciência, esperei até as onze horas. Os envelopes estavam fechados e bem fechados, com a mesma aparência dos saídos de fábrica. Ainda soprei um pouco neles, por garantia, e os guardei no bolso da camisa, peguei os embrulhinhos com o pó, a colher, a gilete e a latinha e os enfiei nos bolsos das calças, onde não faziam volume quase algum. O pároco almoçava religiosamente ao meio-dia, de forma que eu ainda tinha tempo para uma caminhada desapressada à margem do rio, aonde cheguei e, sem ninguém por perto, despejei o resto das vitaminas e do arsênico na água, além da latinha aberta para não flutuar muito e, se flutuasse, seu conteúdo ser devidamente lavado. As duas partes da latinha, para minha surpresa, foram logo embaladas pela correnteza e me parece que submergiram no começo da primeira curva do rio, ao tempo em que a colher descia para a lama do fundo. Voltei à casa paroquial ainda uns quinze minutos antes do almoço e pude pôr os saquinhos adulterados no mesmo compartimento secreto improvisado em minha valise.

De volta à fazenda, escolhi a tarde da quinta-feira para cumprir a parte final do plano. Novamente com todas as precauções, abri o armário das fórmulas, peguei a caixa de onde havia tirado os envelopes agora envenenados, esvaziei-a, pus embaixo quatro não contaminados, em seguida os envenenados e depois o resto. Não quis, como havia pensado anteriormente, pô-los em último lugar, porque talvez parecesse a alguém demasiadamente cômodo, talvez denunciando a intenção do envenenador. Não, eles seriam o quinto e o sexto e, como eram usados sempre aos pares, seriam abertos no mesmo dia. Quanto aos quatro restantes, quando fossem examinados, estariam perfeitamente normais, contribuindo para que pensassem que o veneno tivesse sido despejado diretamente nas mamadeiras. Quanto mais perplexidade e confusão o que iria acontecer despertasse, melhor. Era somente isso o necessário, além de jogar a chavezinha no mesmo rio, só que, naturalmente, em outro trecho, o que passava pela fazenda. Daí a um mês, um mês ou dois, a depender da próxima caixinha escolhida por Ana, chegaria a vez de aqueles envelopes letais serem usados, comigo bem distante de casa e absolutamente insuspeito. Claro que sabia que meu pai talvez acusasse Ana, embora faltasse a ela um motivo para matar as crianças. Mas, se metesse isso na cabeça, inventaria um motivo e o delegado prenderia quem ele quisesse, mesmo sem razão. Não, certamente ele culparia Rosalva, que, com a morte dos meninos, estaria vingando-se do ostracismo e do desprezo a que agora ela era relegada. Nenhuma das duas possibilidades me incomodava, na verdade. Se Ana fosse presa ou condenada, tanto pior para ela e suas ambições de senhora da casa e — quem sabe — terceira esposa de meu pai, que, como se contava entre os meninos da Goiabeira, se gabava de nunca passar uma noite sem mulher. E se Rosalva fosse declarada culpada, eu eventualmente pensaria num jeito de visitá-la na cadeia, mesmo às escondidas de meu pai, lhe daria presentes e o consolo de dizer com sinceridade, embora somente eu soubesse disso, que acreditava na inocência dela. Enfim, não dediquei mais que alguns minutos a pensar nessa questão, não era problema meu. Eu era que não poderia ser acusado sob hipótese alguma, até porque a vingança ainda não estava completa. E, ao contrário de alguns livros que li, podia não existir crime perfeito, mas o meu me parecia ser. Estaria fora de casa haveria quase dois meses, meu pai praticamente proibia minha entrada na cozinha e, conseqüentemente, na despensa, cujo armário era fechado a chave, a que, apesar de simples, eu não tinha acesso. Em segundo lugar, meu pai, mesmo que viesse a querer pôr a culpa em mim, violaria suas próprias convicções de que eu era um inepto covarde, incapaz de qualquer reação à vida infame que ele me proporcionava e isso lhe era extremamente difícil, senão impensável. Em terceiro lugar, provavelmente não cogitariam das vitaminas, com certeza achariam que o veneno teria sido posto diretamente nas mamadeiras, ato ainda mais impossível para mim, sem estar por perto no dia da eliminação dos meus irmãos. Em quarto lugar, o caminhão de lixo da Prefeitura, em deferência especial a meu pai, passava todos os dias por volta das dez horas da manhã e levava o lixo da casa-grande para o monturo lamacento que era o depósito de lixo da cidade, onde somente um milagre — e milagres não existem — faria com que achassem os restos dos dois envelopinhos amassados que Ana com certeza teria jogado no lixo, como fazia sempre. E, finalmente, não havia nenhum dos detetives geniais dos livros que li, para fazer inferências refinadas. O método de investigação do delegado, como até hoje, na maior parte do Brasil, era tomar uma meia garrafa de cachaça e comandar surras e palmatoriadas nos presos, até que eles confessassem. Concluí que estava inteiramente imune a qualquer suspeita e, à noite, minha mãe me cumprimentou com muito carinho, pelo engenho e habilidade que eu demonstrara. Essa parte já está praticamente garantida, me disse ela, mas ainda resta ele, disse ela, ainda resta ele! E eu lhe respondi que nunca esquecia disso, mas devíamos aguardar o desenrolar da primeira parte, que, como sabíamos, levaria — era indispensável que levasse — algum tempo.

E assim passaram devagar as minhas férias antecipadas, em que somente a ansiedade de voltar ao seminário e lá ter notícia do resultado do plano me causou algum transtorno, que, naturalmente, não deixei transparecer no mínimo gesto ou palavra. Aliás, minto. E, como não minto nesta narrativa, devo dizer que minha meia-irmã me incomodou algumas vezes, pois já tinha um ar bem mais vivaz e sorria para mim, nas poucas ocasiões em que nos defrontávamos. Eu sabia que iria matá-la, mas, em lugar de sentir piedade ou simpatia, sentia mais ódio, disfarçado penosamente em bilu-bilus, bênçãos e outras manifestações hipócritas que me custavam muito, não por serem hipócritas, mas porque era sempre necessário vencer o ódio, o qual era tanto que tinha de controlar o meu impulso de esmagá-la ali mesmo, com seu sorriso inocente, que só fazia dificultar minha vida, porque, infelizmente, eu não podia explicar a ela, como gostaria, que a odiava e que o destino dela era a morte antes da plena consciência. Mas nunca tive um escorregão sequer. E aquela pequena pústula cumpriria sua sina, que era viver somente mais alguns dias. Minha mãe me ajudou muito a suportar esse ódio, que me fazia espumar todo por dentro.

Pelos meus cálculos, a caixa aberta em seguida a já em uso, quando voltei para o seminário, foi a que continha os envelopes envenenados. Ótimo, nem muito cedo para acentuar minha ausência e "inocência", nem muito tarde, para não aumentar a minha ansiedade e a de minha mãe. Recebi a notícia de novo por telegrama de meu pai: "Irmãos morreram família pede presença." Quando padre Cornélio, já tendo sido notificado do acontecido por outro telegrama, endereçado à direção do seminário, me entregou o telegrama e eu o abri em sua frente, passei por uma das piores provações de minha vida, pois meu primeiro impulso, sopitado por uma fração de segundo e não notado pelo padre, foi dar um pulo semelhante ao de um torcedor de futebol, ao ver seu time fazer um gol. Tudo tinha funcionado com a precisão de um relógio suíço, tudo tinha saído de acordo com o que eu pensara e até os dias chuvosos daquela semana me ajudaram, pois, se o monturo de lixo já era difícil de revolver na improvável procura de dois papeluchos, àquela altura já amalgamados com o resto da porcaria, com chuva seria impossível. Cheguei a começar a rir, mas, como rir se assemelha às vezes a chorar, depressa converti meu riso "nervoso" em pranto convulsivo, enquanto o padre me abraçava para consolar-me. "Não me conformo, não me conformo", dizia eu. "É muita desgraça caindo sobre a cabeça de uma família, Deus me perdoe, mas não me conformo, oh Deus, perdoai-me, mas não me conformo, primeiro minhas duas mães, agora meus dois irmãozinhos, o que será de meu pai agora, Senhor Deus?"

    Por estar felicíssimo com o êxito daquilo que me exigira tanto apuro estratégico, audácia e frieza e com a satisfação que certamente minha mãe manifestaria à noite, diverti-me como um ator diante de uma platéia maravilhada. Tive diversas crises de choro com lágrimas quase me esguichando dos olhos, fingi rezar diante do altar-mor da capela do seminário, bati no peito, não quis comer, vaguei a esmo pela chácara, fiz tudo o que me pareceu adequado para um jovem abatido por uma dor imensa, a ponto de alguns colegas e padres se haverem juntado a meu choro e um clima funéreo se ter abatido sobre tudo em torno. Não podia viajar para o enterro, porque só havia trem no dia seguinte, mas conversei com minha mãe no dormitório e na forma costumeira. Felizes, felizes, tudo dera tão certo. Ah, meu filho amado, como você traz alegria a sua mãe, me disse ela, e, logo depois, tive um sono tranqüilo e calmo.

Na manhã seguinte, cabisbaixo e ainda lacrimoso, abracei padre Cornélio, que me levou à estação, e embarquei, com licença especial de uma semana, para juntar-me a minha família enlutada. Digo família porque alguns parentes, ao saberem do acontecido, procuraram meu pai, que, com o que chamaram de apoplexia, sentia tonturas e tivera de tomar calmantes, sem poder levantar-se. Fui aconselhado a não ir vê-lo, podia causar-lhe alguma emoção que prejudicasse sua saúde agora abalada. Procurei, aflito e desorientado, saber o que se passara. Afinal, que tragédia fora aquela, como puderam dois meninos tão sadios e fortes terem morrido no mesmo dia, praticamente na mesma hora? De início, relutaram em me dizer o que já era versão corrente, referendada pelo médico que chegara às pressas e já encontrara as crianças mortas. Elas haviam sido envenenadas na terça-feira pela manhã. Começaram a passar mal logo depois de tomarem suas mamadeiras habituais, entraram em convulsões e morreram. Na opinião do médico, fora envenenamento por arsênico branco, um óxido de arsênico. Não podia provar, mas era evidente, a partir do que observara e do que lhe contaram que se tratava de envenenamento e, portanto, era um caso de polícia. O delegado já tinha sido chamado e as principais suspeitas, Ana e Rosalva, já estavam sendo submetidas a confissão, ou seja, apanhando na cadeia. Mas ambas alegavam inocência. O próprio delegado regional, cuja base era numa cidade bastante maior da região, compareceu à fazenda na companhia de dois peritos requisitados da capital e levou com ele, para análise no melhor laboratório disponível, as mamadeiras ainda sujas, pois Ana não tivera tempo de lavá-las, já que os meninos começaram a passar mal quase imediatamente depois de beberem das mamadeiras. Levou ainda as latas das fórmulas e a caixa com os envelopes de vitamina, garantindo que os resultados não tardariam.

Meu "desespero" foi bastante maior do que o demonstrado no seminário. Chorei aos gritos, abracei tios, tias, primos, avós e quem mais lá estava. Que será de meu paizinho agora, e meu paizinho? Será que eu não podia realmente vê-lo? Não podia, estava com a pressão altíssima, mesmo depois de tratado com clorotiazida, o que havia de mais moderno para tratamento desse mal, além de estar sendo submetido a dieta rigorosa, sem absolutamente sal algum na comida, que seguia mais ou menos uma tal de dieta de Kempner, restrita a arroz, chuchu, frutas e doces açucarados, além dos chás de folha de carambola e cabelo de milho que lhe eram dados sempre que tinha sede. Uma emoção a mais podia causar-lhe um derrame ou mesmo a morte, o que me deu um certo sentimento de frustração, porque não queria que ele morresse de morte natural, queria matá-lo eu mesmo, embora ainda não me ocorresse de que forma. O melhor médico da região estava a seu lado, secundado por uma enfermeira e medindo-lhe a pressão a intervalos regulares. Obtivera alguma melhora, mas a situação ainda era grave. Além disso, a teobromina que lhe estavam administrando, em conjunção com outros calmantes, o deixava sonolento, de forma que o mais prudente era de fato não aparecer diante dele. Lembrasse-me eu de que agora era o único filho dele, que provavelmente não teria mais nenhum, com o choque por que passara e com a idade que já lhe chegava. Se não fosse pela obrigação de passar do sábado à noite da quarta na casa paroquial, arranjo que, apesar de seu desavoramento, meu pai não esquecera e lembrara a todos, penso hoje que seria capaz de me trair, porque era muito difícil conversar aparentemente transtornado com uma situação que só me trazia um contentamento infinito. Optei por vagar em fingido desalento pela fazenda, visitar o túmulo de minha mãe e ajoelhar-me junto das tumbas de meus dois irmãos, com ar de prece e observado com admiração pelos que estavam por perto. E, afinal, chegou a hora de ir para a casa paroquial, onde de novo tive de repetir exaustivamente manifestações de profundíssima dor e desamparo. Confessei-me e comunguei todos os dias e, na primeira confissão, cheguei a contestar o pároco, que não considerou pecado a minha alegação de que não dera suficiente amor a meus dois queridos irmãozinhos quando ainda em vida. Insisti e ele me disse que somente orasse muito, mas nunca como penitência, porque eu não havia cometido pecado nenhum. E eu, é claro, não orei coisa nenhuma, passando a maior parte do tempo no escritório, lendo os livros que me apeteciam, principalmente romances, além das revistas que o pároco assinava e passava a mim assim que acabava de folheá-las.

Nas férias seguintes, demorei para ver meu pai, que deixou de aparecer para regar meu rosto de madrugada e não me procurava à noite. Fui inteirado gradualmente das novidades pela minha avó materna, que, ao que tudo indicava, tinha resolvido instalar-se na casa-grande, e pelos empregados da fazenda. O delegado regional voltara com os resultados dos exames. As fórmulas e as vitaminas estavam sem qualquer resquício de material tóxico. As mamadeiras, contudo, deviam ter recebido, após o seu preparo, uma quantidade de arsênico mais do que suficiente para matar com rapidez um animal de grande porte. O pote de arsênico do galpão não apresentava vestígios de ter sido sequer tocado durante muito tempo, mas tanto as latas das fórmulas e das vitaminas só traziam as impressões digitais de Ana. A conclusão era inescapável. Fora Ana a autora do assassinato, que ela, aliás, já confessara ao delegado, depois de diversos dias e noites de tortura. E, mais ainda, Rosalva, submetida ao mesmo tipo de perquirição, chegara a admitir cumplicidade. Só que, talvez pelas noites passadas em claro, numa cela de cimento batido sem nenhum objeto dentro dela e sujeita, mesmo deitada no chão entre os próprios excrementos, a periódicos baldes de água fria jogados sobre ela, pegou pneumonia, passou dois dias internada no posto médico e morreu.

Em linguagem rebuscada e cheia da palavra *ergo* no começo de cada conclusão postulada, o delegado elaborou um relatório que ele mesmo descreveu como um primor de dedução científica, baseado notadamente em seus vastos conhecimentos da psicologia do criminoso. Ana, ardilosamente, seduzira meu pai enviuvado pela segunda vez e ainda com necessidades viris óbvias, planejara, em sua ignorância e limitação mental, matar as crianças para depois levar meu pai a casar com ela ou a pelo menos fazer-lhe filhos, que assim seriam um caminho para o enriquecimento dela. Rosalva, na ocasião destituída do prestígio de que antes desfrutava na fazenda, acreditou nas promessas de Ana, segundo as quais, com a ascensão desta, ela voltaria a ter praticamente o mesmo status de que antes usufruía e podia ter sido a responsável por despejar as doses de arsênico nas mamadeiras preparadas por Ana. O pote de arsênico não tinha impressões digitais porque provavelmente Rosalva, seguindo hábitos das tarefas de limpeza a que estava habituada ou com medo de que algum resquício de arsênico denunciasse que o pote havia sido tocado, esfregara nele um pano qualquer, entre os muitos que podiam ser encontrados no próprio galpão. Enfim, um exemplo clássico da reconstituição de um crime e mais uma prova de que não existe crime perfeito.

— Meu Deus! — disse eu, ao ouvir essa versão. — Meu Deus, será que não há limite para a perversidade humana? Isso, meu Deus, não gosto de usar a expressão, mas isso é verdadeiramente diabólico! O espírito cristão, que tenho aperfeiçoado, graças a Deus, no seminário, me ordena que perdoe pecado tão hediondo, mas é difícil, é difícil! Ana eu ainda compreendo. Compreendo com grande dificuldade, porque custa muito crer que uma pessoa seja capaz de um crime tão hediondo, o assassinato de duas criancinhas inocentes e um assassinato tão cruel, porque elas devem ter sofrido muito antes da morte, mas Ana sempre, Deus que me perdoe, não estou julgando, estou apenas constatando, ela sempre me pareceu uma criatura de maus instintos, não sei por quê. Mas Rosalva? Rosalva, aquela criatura tão doce, que me criou com tanto carinho? Rosalva?

— Pois é, meu filho, é para você ver como o ser humano pode ser ruim e dissimulado. Tem muita gente em quem pensamos que podemos confiar e não podemos. Muito pouca gente merece confiança.

— Os mais velhos sempre me dizem isso e minha condição de futuro sacerdote me impede de aceitar esse pessimismo, eu ainda creio na bondade do coração humano, ainda acho que a maioria das pessoas merece confiança, todos merecem confiança, até prova em contrário. E, mesmo com essa prova, o perdão continua a ser uma suprema virtude.

— Você fala assim porque já nasceu um santo, todo mundo fala em como você nunca fez mal nem a uma barata, você nasceu para a santidade.

— Não nasci — respondi persignando-me. — Aspiro, como todo homem de Deus, à santidade, mas jamais chegarei lá.

— Você já chegou, meu filho. Você será um grande padre, seu destino é grandioso, por esta luz que me ilumina.

— Não posso dizer nada para a senhora deixar de pensar assim. Mas, em todo caso, que Deus a ouça, pois muitos são chamados e poucos são os escolhidos

— Um santo, um verdadeiro santo. Eu acho que você, em seu coração, nem chegou a precisar encontrar o perdão para essas duas bestas-feras.

— De fato, não posso me conformar com esse crime, mas tampouco consigo abrigar ódio por elas. Graças a Deus, cada vez mais venço os rancores e os agravos, por mais pesados que sejam. Eu vou orar por ambas, é o que me compete fazer.

— Um santo, um santo, eu beijo suas mãozinhas de santo.

— Não, vó, eu não mereço, não. Quem deve pedir sua bênção e lhe beijar a mão sou eu. A bênção, minha avó.

— Deus te abençoe, meu filho, mas você já nasceu abençoado.

— Oh, vovó, não, não. E, de qualquer forma, o que interessa agora é cuidar de quem está vivo. Meu pai, meu pai, coitado, como reagiu? Ele está bem?

Agora estava bem, sim, embora se visse que não tinha mais o mesmo vigor, o abatimento parecia que chegara para ficar, era natural. No começo, teve de ser contido para não ir à delegacia e matar Ana a tiros, foram semanas de pesadelo com isso. Mas ela foi logo a júri e o promotor não teve nem necessidade de se esforçar muito. Nem o solicitador que a defendeu tinha convicção do que dizia e praticamente só fizera presença, diante da cara apática e sem sentimentos com que ela repetiu a confissão. Era uma lombrosiana, uma criminosa nata, que ainda pegara uma pena leve, porque a verdade era que, para certos casos, só a pena de morte seria punição apropriada, além do próprio inferno, claro. Retruquei que a pena de morte era iníqua, que todo pecado pode ser perdoado pela infinita — infinita, visse ela bem a profundidade do termo — misericórdia divina e que a morte só pode vir pelas mãos de Deus, que a traz a todos os viventes pelos meios que somente Sua onisciência sabe serem adequados. E — quem podia dizer? — talvez a longa estada na prisão fizesse bem a ela, acabasse por lhe dar juízo e aquilatar o mal irremediável que fizera, tornando-se assim bem menos arrogante do que, havia que se reconhecer, ela realmente era. E, no mínimo, pensei que gostaria de visitá-la, contar-lhe a verdadeira história, o que me daria um prazer imenso, mas o qual, imediatamente, afastei da mente.

Já pensava que, nessas férias, não conversaria com meu pai. Apesar da aflição que essa prática me causava, continuava a esperar que ele tornasse ao hábito de me acordar com o regador, o que ele nunca mais fez, apesar de eu esperá-lo na cama, já depois de acordado. E, não sei por quê, quando ele já saíra para o trabalho, eu às vezes, quase com volúpia — ou com volúpia mesmo, não há o que esconder, mesmo atos cuja razão de ser desconheço e me recuso a analisar —, buscava o paletó de pijama que ele deixava pendurado atrás da porta do quarto e o cheirava em sorvos profundos, sentindo o cheiro dele, o que me dava intenso prazer, em vez do nojo que seria de esperar-se e que seus perfumes e águas-de-cheiro me davam. Mas era como um cachorro que não podia resistir à compulsão de cheirar um tronco de árvore ou coisa semelhante. Até hoje sinto prazer em lembrar aspirar fundo os sovacos do paletó de pijama de meu pai, embora não tivesse a menor vontade de estar com ele, a não ser para ter o prazer de ver sua cara, tanto tempo depois de minha madrasta haver morrido, meus irmãos assassinados e sua comborça Ana estar presa, tudo por obra minha. E não consigo explicar a razão para esse meu verdadeiro vício, que contradiz tudo o que pensava e penso.

Mas, já pelo fim das férias, ele me deixou um recado com uma das empregadas da casa-grande. Queria falar-me, eu deveria esperá-lo às seis e meia em ponto, na mesma sala onde me fora comunicada minha matrícula no seminário. Revi tudo o que tinha feito, não nego que com algum reprovável e inadmissível nervosismo, porque não havia razão para preocupar-me, pois tudo tinha corrido conforme meus planos. Mas logo o nervosismo se diluiu e espalhou-se como uma baforada de fumaça de cigarro, para ser substituído até por uma certa arrogância. Ele podia me bater, o que, aliás, vinha fazendo bastante menos depois de meu ingresso no seminário, mas eu sentia que não tinha medo dele. E, além disso, era difícil, mesmo para ele, nas circunstâncias, achar um bom motivo para me espancar ou me dar uma bofetada. De qualquer forma, seria realmente a primeira vez que estaria em sua presença sem medo algum, nem mesmo apreensão. E o esperei com calma, sem quase mexer-me na cadeira, desfrutando da minha repentina serenidade, que, desse dia em diante, jamais me abandonou.

Eu estava bem vestido, penteado e composto, quando ele chegou e fiquei espantado com sua aparência. Ele estava de fato quase irreconhecível, tanto nas feições quanto no porte. Não haviam exagerado quanto ao abatimento dele, que perdera peso e parecia estar começando a criar uma corcunda, de tão curvado que andava. Levantei-me, ele me mandou sentar de novo. Sentei-me silenciosamente, não sem antes beijar-lhe a mão para pedir-lhe a bênção, que ele me deu com o costumeiro resmungo, mas sem a hostilidade que, mesmo na bênção, ele antes manifestava amiúde. Sentou à minha frente e me dirigiu um olhar fixo prolongadíssimo, como se quisesse enxergar algo dentro de mim. Achei claro que ele suspeitava que eu tivera algo a ver com as mortes, mas não havia meio algum de prová-lo, nem argumento que convencesse sequer sua permanente raiva por mim. Mas ele suspeitava, sim, o que se confirmou explicitamente logo em seguida.

— Não me responda nada — disse ele —, porque eu já posso adivinhar sua resposta, que não pode ser outra, é claro. Mas eu sei que foi você que matou seus irmãos.

— Eu? Eu? — levantei-me como que impulsivamente e fazendo a cara apropriada a quem está sendo absurdamente acusado. — Mas eu nem estava aqui, nem chegava perto da cozinha, que o senhor não gostava! Eu? Mas como?

— Cale a boca, eu disse que você não me respondesse. Não sei como, mas tenho certeza de que foi você. Mas é só a certeza de quem lhe conhece desde pequeno e sabe que você não presta, nem nunca prestou. Não posso provar nada, nem quero me entregar a essa luta inútil. Você é um verme, uma cobra venenosa, um representante de Satanás na Terra. Sei que já cometi muitos pecados e talvez tenha razão quem diz que aqui se faz e aqui mesmo se paga. Não sei, nem quero saber, só sei que mal posso suportar sua existência, quanto mais sua presença. Não vendo a fazenda, junto com as plantações e todo o rebanho, porque jurei ao pé do leito de morte de seu avô que esta fazenda seria sempre da família. Nem vou matar você, como gostaria e tenho direito, porque não quero estragar minha vida por causa de um cachorro sarnento como você. E quero que você herde o que eu tenho, para ver se o poder e o dinheiro não acabam por lhe dar o destino digno de um demônio, que você é. O que acontecer depois de minha morte não me interessa, vou ao Juízo Final como todos os homens, inclusive você, que já nasceu sentado ao lado esquerdo de Deus. Enfim, não vou lhe fazer nenhum discurso. Vou apenas lhe comunicar que tomei uma atitude definitiva e irrevogável, já resolvi tudo. Você não vai mais morar nesta casa, não quero mais ver sua cara nunca, se Deus for servido. Em Pedra do Sal, seu Josias Tavares, dono do Armazém São Jorge, vai lhe repassar uma mesada excelente, mais do que ganha um funcionário público graduado. Você vai ganhar essa mesada até depois de se ordenar, com a condição de não aparecer mais aqui. Sua mesada vai ser sempre igual ao ordenado do juiz que condenou Ana, para que você também nunca possa esquecer o que fez e talvez venha a sentir remorso no futuro, embora eu não creia nisso, mas faço isso por mim, para mim é simbólico. Você é menor e ninguém vai me dizer que eu deixo de cumprir minha obrigação de lhe sustentar. Arrume suas coisas todas, tudo o que você usa e quiser levar, até a cama, que, se você não levar, eu mando queimar de qualquer jeito. Desde hoje, Claudomiro está à sua disposição para as coisas pesadas que você não tem sustança para carregar, nem quer ter. E amanhã o caminhão Mack grande leva você e seus troços. As férias você passa todas na casa paroquial e, depois de você ser ordenado, eu falo com o bispo para lhe dar uma paróquia boa, preferivelmente na capital. Não me escreva, não me fale, não me procure, se esqueça de mim, como eu vou me esquecer de você. Já falei tudo o que tinha de falar. Diretamente de mim, você não ouvirá mais nem uma palavra; as poucas que ouvir serão por terceiros. Agora se levante e pode ir saindo sem olhar para mim, porque eu não quero vomitar.

Fiz o que ele me disse e até fiquei grato, porque, mesmo já treinado por mim mesmo com constância, aquela era uma vitória inesperada, que poderia me ter pegado com a guarda baixa. Então ele adivinhara que eu tinha sido o autor dos envenenamentos, isso era bom, era tão bom que tive a tentação de concordar com ele, mas não deixei que, nesse caso, a Vaidade me desorientasse, porque as conseqüências de minha admissão podiam ser funestas. E, pensando bem, não me retirariam o prazer que eu, de alguma forma, sabia que sentiria, ao contar-lhe, como contaria de algum jeito, algum dia, toda a verdade. Aquele homem estranho, cujos sovacos eu cheirava através do seu pijama usado, que era meu pai e assassino de minha mãe, aquele homem sobre quem às vezes, para irritação minha e imediata reação, eu não sabia o que pensar, aquele homem ainda ia me ouvir como jamais esperaria ouvir. Talvez até tivesse razão em dizer que eu jamais receberia uma palavra dele, porque eu já começara a engendrar, ainda que muito esquemática e indecisivamente, planos para matá-lo e nesses planos estava incluído, aí sim, um discurso meu a ele, que ele seria obrigado a ouvir sem responder, exatamente como acabara de fazer comigo. Sim, fazia parte da vingança eu ser também seu assassino e temi por sua saúde somente porque não admitia a hipótese de que ele morresse a não ser por minhas mãos.

De noite, a voz de minha mãe voltou, entre as folhas das árvores e os pios dos bacuraus. Bonito dia em minha vida, disse ela, bonito comportamento, o meu. Eu podia ter certeza de que nada falharia, como não falhara até então. E, depois de chorar um pouco por saudades dela, agradeci sua companhia e o apoio que sabia que ela estava me dando. Mas não podia antecipar o que a vida ainda me reservava. Procurei Claudomiro, ele e mais dois cabras da fazenda puseram minha cama, meus livros, minha poltrona e algumas miudezas no caminhão e, na madrugada seguinte, parti para o local que seria minha casa ainda por bastante tempo, até que eu me ordenasse. Lembro que, quando o caminhão deu partida e começou a se afastar ruidosamente da casa-grande, tive que fazer o que já me era familiar, ou seja, conter um ataque de riso, embora gargalhando internamente.

Eu já antecipava que minha vida, entre o seminário e a casa paroquial, seria bem mais fácil, até prazerosa e feliz, se comparada à que levava, ainda que por poucos dias, na casa de meu pai, da qual só me lembrava quando conversava com minha mãe e nas horas diárias a que me dedicava a irrigar, adubar e cevar o ódio que devotava a ele e a minha determinação de matá-lo pessoalmente. Escolhi fazer esse proveitosíssimo exercício antes de dormir e de conversar com minha mãe, que viria mais tarde, pois ela concordava comigo sobre a utilidade dessa hora e não a perturbava. Às vezes eu fazia uma pequena exortação preliminar, mas o comum era que esperasse meu período de meditação, que eu também costumava visualizar como a incubação do ovo de um dragão monstruoso, que eu via eclodir do ovo para tê-lo depois sob o meu mais inteiro domínio. O dragão, contudo, não era assíduo nem eu precisava dele desta forma. O que eu fazia sempre era sentar-me, fechar os olhos, apertar o sobrolho entre as palmas das mãos e atiçar meu ódio ao maior limite atingível, pensando às vezes, embora soubesse que nunca poderia acontecer assim, em manter meu pai numa masmorra privada e cortar-lhe o corpo um pedaço de cada vez, até que só restasse o suficiente para ele continuar vivo, antes de eu perfurar-lhe o coração ou, melhor ainda, degolá-lo com uma faca serrilhada. Essa, aliás, era uma de minhas fantasias favoritas — retalhar o patife aos poucos, até com anestesia, para que não houvesse o risco de ele morrer de dor. Cortaria um ou dois dedos de cada vez, uma orelha de cada vez, um artelho de cada vez e assim terminando pela língua, para ele não me dizer nada no momento da execução, da mesma forma, que, misericordiosamente, faziam os inquisidores antes de queimar hereges numa fogueira, assim evitando que as almas deles fossem ainda mais maculadas pelas blasfêmias que pudessem proferir antes de serem churrasqueados em nome da fé. E, preferivelmente, com tempo suficiente, esperando que os locais das amputações cicatrizassem, o que talvez me propiciasse anos de deleite dedicados ao ato de matá-lo. Anos de prazer indescritível, cujo retrato imaginado me dava mais gozo do que masturbar-me.

Claro que nunca me iludi e sempre achei que era somente uma fantasia, pois, quando eu o matasse, como viria a fazê-lo da forma que você lerá, teria que ser de um jeito que não chamasse a atenção de ninguém, para garantir minha inimputabilidade, mas eu ficava extasiado com a idéia e as dezenas de variantes que acrescentava ou modificava todos os dias. Isso me distraía e enlevava, tenho certeza, muito mais do que as meditações orientalóides que hoje se praticam por aí e nas quais só vejo mistificação voluntarista e falsas respostas aos infernos pessoais de cada um. Na verdade, eu sabia que o mataria de uma maneira bem mais convencional, de uma forma que ainda não me havia ocorrido e que só tinha certeza de não ser envenenamento, pois, como os mágicos, os assassinos devem procurar não repetir o truque, para não serem pilhados. Paciência, como me dizia minha mãe, paciência, a oportunidade chegará, e chegaria muito melhormente do que eu então antecipava, pois não viria a precisar amputar partes do corpo dele, mas seria, sob um aspecto, mais elegante, no sentido matemático do termo, ou seja, mais simples, mais esbelta, digamos assim. A fortuna, como todos sabem, sorri inelutavelmente para os que praticam com correção as duas faces iguais da Humanidade, o Bem e o Mal. No fundo, eu nunca cheguei efetivamente a temer que meu pai morresse de morte natural. Era como se eu soubesse que já estava escrito que eu o mataria com minhas mãos. De que forma, não me ocorria e tive de repelir hipóteses grosseiras, como um tiro que eu alegasse ter sido acidental.

Durante algum tempo, pratiquei mecânica de automóveis, a pretexto de ajudar a única e pobre oficina da cidade, mas na realidade com o fito de, se a oportunidade se oferecesse, causar um defeito no carro de meu pai que lhe pudesse ser fatal. Logo percebi a futilidade desse exercício, até por um detalhe para mim essencial, do qual já lhe dei indicações. Mas não me arrependi do tempo dedicado à mecânica, pois até hoje, se precisar, sou capaz de provocar um acidente num carro, habilidade que, como qualquer outra, pode eventualmente ser útil. E adquiri a gratidão perene do dono da oficina, bem como de seus empregados, pois, quando seus pagamentos semanais atrasavam, eu adiantava o dinheiro, sem cobrar devolução. Depois de algum tempo, deixei de freqüentar a oficina regularmente, mas era rara a semana em que eu não passava um ou dois dias por lá, para ajudar a manter minha imagem de humildade.

Gosto de comparar a vida na casa paroquial à existência de um nobre seiscentista, um fidalgo de posses e poder como Montaigne, cujos escritos sempre me acompanharam, por alguma razão que tenho dificuldade em precisar. O pároco, se antes se mostrava o parvo de coração mole, credulidade imensurável e fraqueza de vontade que já descrevi, terminou por tornar-se, num processo curiosíssimo, que não iniciei propositadamente, numa espécie de servo meu. Dentro de dois períodos de férias passados na casa dele, toda a autoridade já era minha e tudo o que eu dizia estava certo. Eu não era tido, nem por ele nem por suas beatas, como um adolescente, mas como um exemplar mentor, de piedade inquestionável e julgamento irretorquível. Acrescia-se a isso, como aconteceu no caso da oficina, o poder que se derivava do dinheiro que meu pai me mandava sempre no primeiro dia útil de cada mês, o que, considerando-se que eu não gastava nada para manter-me, me tornava um pequeno milionário, capaz de comprar tudo o que quisesse, nos limites da cidadezinha. Adicionei à minha imagem a de um homem santo e munificente, que dificilmente deixaria de socorrer alguém em dificuldades. Intuí desde cedo que não devia emprestar dinheiro. Jamais emprestava; dava. Emprestar, assim como dar sem as cautelas necessárias, gera inimigos. Dar, com a devida preparação, pode gerar verdadeiros escravos, até porque a maior parte dos que pedem e são atendidos na primeira vez adquire uma espécie de freguesia e volta a pedir dinheiro. Eu dava depois de um discurso estudado, semelhante a alguns que fazia também no seminário, onde, aliás, meu prestígio se sedimentava cada vez mais. Dizia que um homem de Deus não podia emprestar dinheiro, mesmo que viesse a, eventualmente, necessitar de pagamento, o que não era meu caso. Quisera o destino que eu tivesse nascido em família rica, mas isso não acarretava necessariamente eu me considerar rico, pois a verdadeira riqueza reside no espírito. *Omnia mea mecum porto* — tudo o que era meu, meu corpo, minha mente, meu amor ao semelhante, minha vocação sacerdotal, tudo, enfim, de essencial, eu levava comigo a toda parte, o resto não tinha importância.

Na cidade, embora eu no começo fizesse questão de acentuar minha mera condição de seminarista, começaram logo a me chamar de padre e eu acabei, com aparente relutância, por aceitar o título, que era empregado até pelo próprio pároco. Até a ouvir confissão me chamavam e eu, naturalmente, não aceitava, mas acabei me tornando confidente de muita gente, dando orientação espiritual e prática. Enfatizava que guardaria segredo, mas sempre dava um jeito de que a pessoa percebesse que agora eu era detentor de segredos seus e sentisse que, se houvesse motivo justo, ou seja, na verdade, que me conviesse, eu seria capaz de usar aquele conhecimento.

Minha Vaidade se desenvolveu muito nesse período e aprendi o gosto pelo poder. Mas a Vaidade era exclusivamente para desfrute meu, nunca demonstrado aos outros. Meu prazer em ter poder não era ostentá-lo. Se por acaso eu tivesse sido político profissional, seria um dos que preferem o papel de eminências pardas, um dos que não gostam de ostentar seu poderio. Acabei tendo tanto poder na cidade que cheguei a provocar a derrota nas eleições, sem dar nada a notar, do candidato a prefeito mais popular, pelo exclusivo gosto de exercer meu poder contra alguém que não me reverenciava como eu achava que deveria e como esperava de todos. E não fiz muito esforço, a não ser, quando falavam bem dele, mostrar claramente que estava disfarçando minha oposição, que em grande parte se devia ao fato de ele não usar o tratamento de padre e se dirigir a mim sem me chamar de "senhor". A campanha surda que elaborei contra ele mereceria um tratado político. Eu não precisaria muito disso, mas contribuiu muito ele se dizer materialista, ateu e simpatizante do comunismo, porque isso impressionava mal os que estavam sob meu controle. Nunca me interessei genuinamente por esse assunto, que sempre me pareceu irrelevante, até porque ateu eu também sou, mas usei meus confidentes e beneficiários de dinheiro — praticamente quase toda a população da cidade — para minar-lhe insidiosamente a popularidade e exaltar discretamente seu opositor, um conhecido ladrão do erário, como já tinha sido demonstrado em outro mandato. Mas o que me importava não era que ele roubasse, era que eu derrotasse aquele que ousava desrespeitar o meu poder. E aprendi mais sobre a natureza humana depois disso, porque, declarada a derrota, ele, em vez de me hostilizar, porque de alguma forma devia saber que eu, sem que ele pudesse provar nada, o prejudicara fatalmente, passou a me tratar muito melhor e cheguei até a dar-lhe dinheiro, como a outros, após um discurso que depois eu lembraria como hilariante, sobre o dever de ajudar sem ver a quem, mesmo a um ateu e simpatizante de ideologias exóticas. O que aconteceu vários anos depois, em relação a comunistas, subversivos e similares, não tem, na minha opinião, nenhuma relação com esse episódio, como você verá.

    Mas a maior parte de minha vida, então, se passava no seminário. Sem o apuro constante de meu talento, na casa paroquial e no seminário, eu não cumpriria, talvez, meus objetivos, pelo menos com o êxito que sempre tive. Aos dezesseis anos, eu era prefeito dos maiores e exercia minhas funções com argúcia e ladinice. Não poupei ninguém que me causou problemas e, principalmente, o padre bedel a quem já me referi, padre Corelli, que diminuiu sua perseguição contra mim, mas nunca cessou e, de qualquer forma, mesmo que houvesse cessado, eu já tinha prometido a mim mesmo que acertaria minhas contas com ele. Sabia, como já contei, que ele era dado a práticas homossexuais, mas não tinha como flagrá-lo, projeto a que me dediquei intensivamente durante anos. Seu principal parceiro entre meus colegas foi fácil de adivinhar, porque não só eu como todos notavam o favorecimento em relação a esse colega. Aproximei-me desse colega, dei-lhe dinheiro em alguma ocasiões, mas não conseguia obter as informações de que precisava para comprometê-lo com o padre Corelli. Não tinha nada contra o colega, que era um sujeito alegre e prestativo, mas teve o azar de eu necessitar dele como instrumento para meus planos. Finalmente, numa das noites de cachaça que eu promovia secretamente, ele falou, não só com a língua, já solta por natureza e incentivada pelo álcool, como porque lhe provoquei ciúmes, ao contar-lhe do assédio repelido que fazia Corelli detestar-me. Acho que ele ficou com receio de que eu viesse a ceder ao padre e assim tirar parte do pequeno poder, que ele julgava grande, junto a seu parceiro. Ciúme ou não, entretanto, contou-me em detalhes que, nos domingos, quando Corelli tinha menos trabalho, se encontravam num dos casarões abandonados da chácara, para se entregarem a suas práticas.

Quis também a minha boa fortuna que o padre reitor dos meus tempos iniciais fosse substituído por velhice e logo lancei uma campanha para conquistar a confiança do novo. Em poucos meses, este já me considerava o mais virtuoso dos seminaristas e contava comigo para tudo, além de ser meu novo confessor — a quem, como todos os outros, eu só confessava o que me convinha, ou seja, um leve toque de inveja fictícia ali, uma alegação de preguiça acolá, nada de grave. Em breve, o reitor contava comigo para tudo, me confidenciava seus problemas na função e eu me tornei, de longe, o favorito dele, embora não em termos sexuais, porque isso, com ele, parecia estar fora de cogitação. O máximo que devia fazer, se fazia, era masturbar-se, como quase todos os outros, pois, se todos os maiores sentiam os testículos intumescidos e doloridos de quando em vez e precisavam urgentemente aliviar-se, não seriam os padres menos velhos exceção a essa regra. Mais um toque de sorte foi o fato de o novo reitor ter antipatizado de imediato com o padre Corelli, somente não o substituindo em suas funções disciplinadoras porque não era homem dado a conflitos, embora tivesse — o que muitas vezes é útil nos outros — um caráter firme e íntegro.

Lembro bem o dia em que, depois de ter passado a semana com uma expressão de quase angústia, que fez o reitor me perguntar diversas vezes se eu estava bem e até mandar tomar minha temperatura na enfermaria, pedi a ele uma audiência especial. Cheguei pálido — porque havia muito aprendera a ficar pálido ou enrubescido à vontade —, com o fôlego opresso e os olhos úmidos. Ainda antes de ele me dizer para sentar-me e recobrar a calma, porque "não haveria de ser nada", fiz menção de que me arrependera de ter pedido a audiência, do que ele, depois de muita argumentação, me fez desistir. Não haveria de ser nada, nada no mundo era tão grave. Engolindo em seco e abanando a cabeça, ajoelhei-me diante do grande crucifixo pendurado na parede do gabinete e pedi tempo para rezar um terço e consultar mais uma vez minha consciência conturbada. Ele não só assentiu, como se juntou a mim nas orações, ao fim das quais me fez sentar novamente diante dele, bateu-me no ombro paternalmente e atendeu ao pedido de me dar confissão ali mesmo.

Sim, como pecara eu tanto tempo por omissão, mas asseverava que era devido a um verdadeiro conflito de consciência, conflito que me pesava tanto como uma cruz aos ombros, que a cada dia que passava aumentava de peso. Mas eu acreditava agora poder livrar-me dela, porque era óbvio que minha lealdade maior era para com Deus e os princípios que minha formação sacerdotal me incutiam. Até um sábio, pagão mas notabilíssimo, dissera *"amicus Plato, magis amica veritas"*. A amizade e a lealdade eram valores altíssimos, mas não poderiam nunca estar subordinados ao amor e à obediência aos preceitos divinos.

— Nada pode ser tão grave, meu filho, Deus pode castigar, mas Sua misericórdia é infinita e Ele pode perdoar tudo, ainda mais uma falha em pessoa tão virtuosa quanto você — disse-me o reitor.

— Bem sei disso, mas peço que, depois de tudo esclarecido, me seja dada penitência com o rigor necessário, pois, sem ela, minha consciência jamais se aplacará. Minha falha é grande demais — disse eu.

Ele passou algum tempo ainda tentando consolar-me, até que, inspirando fundo, cedi e falei. Minha grande, inominável, vergonhosíssima falta só podia ter uma atenuante aos olhos de Deus. Eu a cometera, claro que sem respaldo algum, a não ser o amor fraterno que todo cristão precisa ter até em relação a seus inimigos — e, no caso, nem inimigos meus havia —, para proteger um colega e um padre, ambos pessoas por quem só tinha estima e respeito. Mas o fato — ai, Senhor, como posso ter coragem para contar? — era que o seminarista Virgílio tinha encontros sexuais com padre Corelli. Inocente, eu não sabia o que eles faziam, mas sabia que era algo muito impróprio e pesadamente pecaminoso. Quem me contara fora o próprio Virgílio e, além disso, a verdade era que padre Corelli procurava seduzir seminaristas que o atraíssem, como já acontecera comigo.

O reitor não me pareceu tão estarrecido com a revelação quanto eu esperava, embora se tivesse levantado quase que num salto. Mas certamente não chegara, ainda tão jovem em relação a outros reitores, àquela posição, ainda que num seminário relativamente humilde, sem ter tido conhecimento de muitos fatos como o que eu lhe participava. Eu tinha certeza daquela revelação tão grave, tinha mesmo certeza, não me baseara apenas em inferências ou em algum comentário de terceiros? Respondi que sim, naturalmente; não me arriscaria a cometer leviandade tão horrenda, se não tivesse certeza. Mas compreendia o espanto dele e por essa razão mesma é que o procurara naquele dia. Logo mais à noite, às escondidas, eles se encontrariam na casa velha perto das caramboleiras. Eu tinha perfeita noção do que estava fazendo, um pedido ousado demais, mas ele era um homem justo e um exemplo de integridade, além de ter autonomia em suas altas funções, de maneira que eu, pedindo-lhe perdão antecipadamente por estar fazendo um pedido talvez inadmissível, me valia da amizade que mantínhamos para formulá-lo.

Na hora do encontro dos dois, estivéssemos juntos e na presença de um terceiro, no caso o diretor espiritual do seminário, que eu também sabia não gostar de padre Corelli, para que minhas palavras fossem comprovadas. Iríamos os três à casa das caramboleiras e lá constataríamos com os nossos próprios olhos o que eu, por dever de consciência, fora obrigado a contar. Ele sentou-se novamente, me olhou algum tempo em silêncio e me disse que não poderia admitir minha presença, não era apropriado, para caso tão grave, que mesmo um seminarista maior e exemplar como eu interferisse numa situação tão escabrosa quão delicada. Bastava a denúncia que eu tinha, tão penosamente, conseguido fazer. Ele mesmo, na companhia do conselheiro espiritual, iria à casa das caramboleiras. Depois ele me falaria e não tinha certeza de que eu merecesse penitência tão severa quanto lhe pedira, mas resolveria depois.

Passei horas me recriminando depois que ele se despediu de mim, porque, afinal, meu plano podia não ser tão perfeito assim e eu não gostava disso. Havia sempre a possibilidade de que, por alguma razão extemporânea, Virgílio e o padre Corelli não tivessem seu encontro habitual, ou qualquer coisa desse errado. Lembrei-me também de que, apesar da lua cheia, a casa ficava às escuras e até o barulho das folhas secas pisadas denunciava qualquer movimento fora da casa. E, por outro lado, vi-me impotente para não desafiar minha regra de vida — não confiar em ninguém. Seria o reitor realmente de confiança, nesse caso? Não chamaria o padre Corelli para ouvir dele as explicações mentirosas que certamente daria, da mesma forma que Virgílio? Xinguei-me mentalmente por não haver pensado em plano menos à prova de erros e me prometi maior esforço no futuro. Talvez estivesse meio embriagado pelo poder que já tinha e houvesse superestimado minhas possibilidades.

Mas não, não superestimara. Descrevo a cena, que mais tarde me foi contada sem pormenores pelo próprio padre reitor, com o acréscimo desses mesmos pormenores, que até você poderá adivinhar sem muito esforço. Tenho certeza de que o que aconteceu foi mais ou menos como descrevo agora. Na hora aprazada, tomando cuidado para não serem pressentidos, o reitor e o diretor espiritual foram à casa das caramboleiras, entraram, ouviram sussurros e finalmente a pergunta "é você, Virgílio?". Não era Virgílio e o que viram foi padre Corelli seminu, a quem ordenaram que se vestisse, virando-lhes as costas e exigindo silêncio absoluto até a chegada alegre de Virgílio, que trazia consigo uma garrafa de vinho e, se sofresse do coração, teria morrido ao defrontar-se com os dois visitantes inesperados.

— Você tinha razão — me disse no dia seguinte o reitor, a sós comigo em seu gabinete. — Lamento muito que um jovem de suas virtudes se tenha envolvido em fato tão sórdido. Devo agradecer-lhe por me ter aberto os olhos para algo que poderia continuar acontecendo sob meu ministério durante ainda muito tempo, senão todo o tempo. Minha gratidão e meu louvor a Deus pelo seu ato de coragem serão perpétuos. Mas creio que, apesar de todas as atenuantes e de você ter prestado um serviço ao seminário e a Deus, deverá, sim, fazer sua penitência. Padre Corelli viaja hoje mesmo, à disposição do episcopado. Virgílio será expulso e já escrevi aos pais dele, embora tenha apenas escrito que ele cometera falta imperdoável, sem dizer qual. É problema da consciência dele. Tampouco deixei transparecer que a denúncia partiu de você, não havia razão para isso. Agora, meu filho, vá cumprir suas obrigações e aguarde a convocação que o diretor espiritual lhe fará, para tratar de sua penitência, sobre a qual ele mesmo decidirá.

Que lição! Que alegria! A lição veio do fato de que aquilo que eu julgava ser essencial, ou seja, minha presença no flagrante, era precisamente o contrário. Virgílio era um tagarela e podia até suspeitar de mim, mas eu seria apenas um entre muitos suspeitos, haveria tantos outros de que ele poderia suspeitar que meu nome talvez nem lhe passasse pela cabeça. Se eu estivesse lá, teria feito um inimigo desnecessário — pois que alguns são necessários, o que aprendi com a vida, já que nos obrigam a observar cautelas que não observaríamos se não tivéssemos inimigos, potenciais ou não — na pessoa do pobre Virgílio, de quem nunca mais ouvi falar e que deve estar por aí, como escrevente de alguma firma ou dando aulas em algum colégio do interior ou rabulando como fazem muitos ex-seminaristas. E padre Corelli, já perdido, podia até tentar me estrangular antes de receber um pontapé na bunda e, provavelmente, deve ter sido mandado para uma paróquia numa vila esquálida da Calábria, onde já há de ter definhado e morrido a morte lenta que merecia. Muito melhor, por conseguinte, do que se eu tivesse estado presente. Isto me calou fundo, e raramente me preocupo com alguma coisa que tenha de ser deixada um pouco ao acaso — o mínimo possível, claro. Não há o que temer, o acaso talvez nem exista de fato.

E a alegria, que bela alegria! Eu era poderoso, sabia usar o poder, mantinha o respeito às armadilhas que ele possui e vencera mais uma vez. E o contentamento que eu secretamente sentiria, vendo o padre Corelli naquela situação grotesca e humilhante, especialmente para um cafajeste como ele, podia muito bem ser desfrutado pela minha imaginação, eu não precisara estar lá no momento, outra alegria e outra lição, que continuo a carregar comigo. Aquele padre tirânico e repulsivo passaria a ser daí em diante, por um lance de mestre que eu dera, uma espécie de morto-vivo. E, quanto à penitência, dada quase com relutância pelo diretor espiritual, não passou de alguns rosários a mais, a proibição de um mês para as idas à cidade, a interdição, também por um mês, de ver futebol e jejum a pão e água durante uma semana. Evidentemente que eu apenas fingi rezar os rosários, não dava tanta importância ao futebol e consegui sempre que algum colega leigo me trouxesse merendas, de que eu desfrutava ou pelos cantos da chácara ou sentado no banheiro, jogando os restos no vaso.

Informação, realmente, é poder, nada mais certo. Nunca se deve menosprezar qualquer informação, por mais irrelevante que no momento aparente ser.

Mesmo que eu fosse crente e seminarista acima de qualquer crítica, como me apresentava aos outros, certas coisas não entrariam em minha cabeça. O celibato clerical é uma invenção conciliar, um composto de delírios ancestrais e também ardilosos de Latrão e Trento, que não está nas escrituras nem em nenhum texto sagrado. Não há razão para ele, tanto assim que nenhuma grande seita cristã o acata, inclusive os ortodoxos e os anglicanos. Há algo de sordidamente ladino no celibato: por causa da castidade, a qual também não está em nenhum Mandamento, o padre pode ser visto como superior ao seu rebanho, se este estiver convencido de que ele não cede a um dos mais avassaladores instintos humanos, que é o da cópula. "Eu não trepo", pode o padre masculamente dizer, e isso o faz um ser diferente dos demais, superior de alguma forma, embora poucas pessoas parem para pensar nisso. Mas naturalmente que a maioria trepa e sempre trepou, de papas a anacoretas, de monjas descalças a abadessas poderosas. A decretação do celibato como indispensável, para mim foi o resultado de um complô de bichas, misóginos e astuciosos. Um dos grandes poderes que a Igreja conquistou foi a confissão auricular, invenção espetacular, que precedeu a psicanálise em séculos e lhe forneceu armas formidáveis, até porque, estou seguro, o chamado segredo confessional pode ser mantido por alguns, mas não o é rigorosamente por todos. E eu, no decurso de minha vida sacerdotal, sempre que precisei violá-lo, sem risco e para meu proveito, o fiz sem nenhum escrúpulo, como nunca respeitei os ridículos Mandamentos que os concílios também distorceram. A castidade, tenho certeza, só foi e é obedecida por pouquíssimos padres e as histórias que já ouvi sobre freiras não me autorizam a pensar diferentemente a respeito delas. Não é à toa que o termo "freirático" existe, assim como o lesbianismo deve ocorrer nos conventos tanto quanto o homossexualismo masculino nos mosteiros e seminários. Quem quiser que confie nessa castidade.

De minha parte, não fui exceção, embora moderada, por duas razões principais. Em primeiro lugar, deve haver algo distorcido em minha libido, pois o sexo em si nunca exerceu, com a exceção do caso de Maria Helena, grande atração sobre mim. Na chácara do seminário, acho que me incluía no rol minoritário dos que não mantinham relações com jegas, mulas, éguas, cabras e até galinhas, o que às vezes ocasionava a morte delas, pelo traumatismo causado por um tarado que não compreendia que a galinha não podia suportar fisicamente a penetração total de um pênis humano, por menor que fosse. Jamais me interessei por isso e sempre me recusei a testemunhar um ato desses, mesmo quando era instado por colegas que haviam treinado uma jega chamada Bonina para fazer sexo com eles, atendendo até, segundo eles, a assovios. A mim me bastava a informação. Que eles me dissessem o segredo e eu o guardasse, o que, aliás, era praticamente a regra, pois não tinha necessidade de usar chantagem todo o tempo, eu aceitava, embora alegando não querer ouvir nada daquilo, sem tirar-lhes na realidade todo o tempo que queriam para me falar. Ouvia um pouco, o suficiente, e me afastava para evitar que caísse em mim qualquer pecha de cumplicidade ou conivência. E invariavelmente reprovava o comportamento deles. "Não me contem nada", dizia eu, "não quero ter nada a ver com isso".

Em segundo lugar, eu também não podia dar vazão a meus tépidos impulsos sexuais arriscando-me, ainda que minimamente, a macular minha aura de santidade, não só no seminário como na paróquia.

Muitas moças bonitas praticamente se ofereciam. Usavam todo tipo de recurso admissível naquele tempo, desde olhares provocantes a pedidos de aconselhamento a portas fechadas no meu escritório da casa paroquial, mas eu sempre me fazia de desentendido. Todo mundo, menos os poucos que têm juízo como eu, confia em alguém e qualquer tropeço meu inevitavelmente passaria de um confidente a outro, até se tornar do conhecimento geral, o que acontece até em cidades grandes e muito mais em pequenas. O pároco, que, apesar de relativamente idoso, também prevaricava, era um exemplo disso, pois se falava na cidade de casos entre ele e uma ou duas beatas, e ele fazia um ar cúmplice quando uma dessas moças me procurava em sua frente e batia na porta do meu escritório. Na verdade, ele praticamente me confessou suas fornicações secretas e até me chamou a atenção para o caráter conciliar e não bíblico das proibições a que me referi antes, e eu manifestei compreensão, embora não adiantasse conversa, a não ser o bastante para que ele, se me pegasse em uma transgressão nessa área, tivesse ciência de que eu podia contra-atacar mortalmente e, portanto, ele não faria nada, como, aliás, nunca fez, nas diversas ocasiões em que tinha perfeita condição de desconfiar de que eu estava cometendo a mesma falta que ele cometia eficazmente. Ou seja, tacitamente nos tornamos, sim, cúmplices, como ele queria e como descobri logo que me convinha.

Levando em conta que a casa paroquial tinha empregadas e era constantemente visitada por beatas, tomei logo outra medida importante. Quando uma mulher me visitava, interessada em mim ou não, sendo que o primeiro caso era a regra, porque as mulheres não fazem nada de graça, eu passava a chave na porta, mesmo sabendo que não ia acontecer nada, porque, quando fosse acontecer, não se suspeitaria de nada diferente. Logo em seguida, passei a fazer a mesma coisa com os visitantes homens, sempre de porta trancada, para não permitir o ingresso da curiosidade alheia. Era o santinho dando mais uma de suas orientações espirituais. Se eu fechasse a porta algumas vezes e outras não, as suspeitas seriam imediatas. Era a minha maneira de receber, ponto final, sem exceção. Desde meus primeiros tempos na casa paroquial, fixei essa norma, que ninguém podia estranhar, pois, afinal, que poderia estar acontecendo, num encontro de um velho comigo, o que não era infreqüente, porque, entre as minhas virtudes públicas constava meu grande apego aos idosos, a quem amparava de todas as formas, para fazer figura, ter influência sobre herdeiros e obter outras vantagens que seria ocioso enumerar.

Então não se pode dizer que eu tive uma vida sexual variegada, nessa época, embora talvez possa classificá-la de intensa, pois as poucas mulheres que tive me davam toda a satisfação que uma libido muito maior do que a minha podia desejar. As principais eram, naturalmente, as casadas, a maior parte já passada dos trinta ou quarenta anos e preocupada com sua reputação. Cheguei mesmo a receber, fornecida por uma delas, uma das tabelas que na época circulavam bastante, para calcular os dias férteis, mas eu só acreditava nas tabelas para os dias mais críticos em torno da menstruação. De resto, praticava quase invariavelmente o coito interrompido. Ou, usando minha capacidade inata de ereção sem ejacular, a não ser quando quisesse, satisfazia a mulher e depois a fazia satisfazer-me com a mão, a boca ou o ânus. Neste último caso, a preparação no seminário, enrabando um padre ou outro, me deu singular habilidade, pois conseguia sodomizar um número grande de mulheres que tinham, por experiência, medo. Acho até que, em certos casos, eu chegava a levar a mulher a um transe meio hipnótico e elas invariavelmente obtinham prazer. Não ligo para o que você pensa de mim, mesmo porque não ligo para você absolutamente, mas sei que a afirmação que se segue será considerada talvez chocante, apesar de, para mim, extremamente lisonjeira. Diversos maridos, na paróquia, foram beneficiados por mim, porque, se antes não conseguiam coito anal com suas mulheres, depois de mim conseguiam, com a experiência adquirida por meu intermédio, o que quer dizer que posso me considerar um benemérito e mais uma vez demonstrar que essa conversa de Bem e Mal é destituída de sentido. Eu beneficiei muitos maridos ao enrabar as mulheres deles ou a convencê-las a deixar que gozasse em suas bocas, pois elas, que antes se recusavam a fazer isso com os maridos, passaram a permiti-lo, como sempre me confessaram. Os maridos ficavam felizes e os casamentos mais harmoniosos, graças a esses atos meus, que sinceramente considero benéficos e até caritativos.

Um fato interessante, que, julgo eu, mereceria um estudo sociológico sério, era o das noivas. Havia na cidade, como até hoje há, embora em proporções vastamente menos importantes, dezenas de jovens moças, cujos noivos, de aliança no dedo direito, como era a prática corrente, as "respeitavam", até mesmo estimulados por elas. Numa estupidez coletiva a que se subordinavam as moças de família, muitas delas, talvez a maioria, se recusavam a avanços além de amassar seios por fora das roupas e beijar com as línguas enroscadas, conquistas duramente obtidas após meses de namoro. "É para isso que você me quer?", perguntavam elas. "Para isso você tem as da rua." E, assim, um desejo mais do que legítimo era transformado em perversão e a prostituição era estimulada. As moças não se sentiam diminuídas porque seus namorados freqüentavam as prostitutas. Pelo contrário, se sentiam mulheres honradas, coisa que compreendo, mas que, como disse, faz parte da estupidez humana.

Descobri especial prazer em entreter-me sexualmente com as noivas. Não sei bem por quê — e tenho preguiça de perquirir as razões —, as aventuras com as noivas me eram bem mais atraentes do que as com as casadas. Claro que lhes mantinha a virgindade vaginal, mas, de resto, fazia tudo com elas e me dava extraordinário prazer vê-las na rua, de mãos dadas com os noivos e trocando carícias discretas com eles. Cheguei a ser padrinho de alguns desses casamentos e o momento do enlace, olhando sempre para a cara dele, me trazia uma felicidade imensa. Além disso, as noivas, cujos casamentos não raro eram até forçados pelas famílias de cada lado, constituíam geralmente terreno mais seguro do que as casadas. O noivado é mais delicado e saber que eu estava fazendo com elas o que nem de longe era permitido aos noivos dava realmente um extraordinário tempero a essas relações, era excitante ao ponto de eu querer romper o silêncio que tinha de manter no gabinete onde as encontrava, para urrar de prazer. Ali estava uma que nem tocado no pênis do noivo havia, com o meu enfiado na boca até onde ela agüentasse. Estava ali uma de cujo púbis o noivo nem tinha idéia, recebendo meu falo e meu esperma entre as coxas ou por trás. Tive, muitas vezes, de reunir forças para não dar vazão a essa exaltação inexcedível. É por essa razão que digo que o impulso sexual não era meu interesse preponderante — nunca foi —, mas, sim, o prazer que seu exercício me proporcionava.

Enfim, se não fosse por Maria Helena, eu poderia dizer que tive uma vida sexual praticamente perfeita, na medida de minhas necessidades fisiológicas e psíquicas. Maria Helena mudou tudo, transtornou minha vida de tal forma que cheguei a pensar em transformar minhas convicções e tudo o mais que julgava solidificado e sedimentado. Não sei se estou sendo veraz, se disser que tive uma paixão por Maria Helena. Mas, pelo menos, foi como se tivesse tido. Aconteceria nas minhas penúltimas férias passadas no seminário.

Não acredito que tenha muito mais a contar sobre minha vida no seminário. Minha posição de liderança se consolidou até a minha ordenação, e minha formação, como já disse, deveu muito a ele, até mesmo no sentido cultural, pois me julgo um homem culto. Era também o melhor aluno, porque, por índole, sempre fui estudioso e tive facilidade em aprender. No sentido humano, aquela pequena comunidade, embora necessariamente peculiar sob vários aspectos, era um microcosmo em que tudo do mundo se podia aprender. Ao começar este relato, julguei que ele seria muito mais longo, porque dedicaria bastante tempo à minha vida no seminário, mas agora percebo que quase nada fará falta. De novo me alegro por não ser escritor profissional ou romancista escravizado à produção dos livros de que precisa para manter-se, porque alongaria em excesso a narrativa. Meu objetivo, que era desmistificar o seminário, já foi obtido e nem sei se seria necessário, em seu caso, principalmente se você foi, é ou tem alguma ligação com seminaristas. Embora, claro, descontando o fato de que, em qualquer desses casos, haverá mentiras, coisa que já disse não permitir aqui.

Talvez, contudo, deva contar mais alguns últimos fatos, relevantes não propriamente por minha condição de seminarista, mas pelo meu propósito de inquietar você. No seminário, posso dizer que, da parte de todos, eu era cercado, em alguns casos, de medo, outros, de dependência, outros, de respeito e outros, de afeto. Nada disso mudava meus princípios e meus objetivos, mas tive a habilidade de, como se fala, dançar conforme a música. Tratava cada um da forma adequada, de intimidador e chantagista a amigo fiel. É isso também que muita gente faz com você, embora você, provavelmente, não perceba. Quero então contar-lhe um dos muitos embustes que cometi e, em seguida, desmoralizar uma convicção que você deve ter e já saberá qual.

 Não sei se foi o principal, mas o embuste que escolhi lhe dará idéia do que é possível fazer para enganar o próximo sem a menor dificuldade, bastando para isso um certo talento e, notadamente, afinco e apego aos métodos escolhidos. No meu último ano, ainda que revoltada e vingativamente me sentindo derrotado por Maria Helena, participei do congresso regional que teve como sede o meu seminário e como presidente das sessões um bispo auxiliar. Fui distinguido pelo reitor, na condição de aluno brilhante e laureado, com a incumbência de uma palestra em sessão magna, realizada à noite, envolta em toda a pompa de que a Igreja é capaz, mesmo sob circunstâncias difíceis. Escolhi falar sobre o tema "Fé: Dom e Conquista", em que, me valendo da aparente contradição do dito bíblico segundo o qual de quem tem será tirado e a quem tem será dado, arranquei lágrimas dos presentes e menti tão descaradamente quanto alguém pode mentir na vida. Disse que, sim, a fé era um dom que Deus dava a todos, mas nem todos a aceitavam. Estava a fé ao alcance de qualquer um, Deus era acima de tudo o fulcro máximo da Justiça. Mas o coração humano falhava a até mesmo um dos maiores apóstolos de Cristo, aquele sobre o qual fundara sua Igreja, fora chamado de homem de pouca fé. A tentação de deixar a fé fraquejar acometia a todos, por mais pios que fossem. E, assim, o homem aceitava e rendia graças pelo dom, mas era necessário mantê-lo e fortalecê-lo cada vez mais fortemente, pois somente na fé residia a esperança de salvação. Terminei sob aplausos e abraços comovidos — de novo com vontade de rir, que obviamente não deixei manifestar-se — e seguiram-se palavras emocionadas do reitor e do próprio bispo auxiliar, cumprimentando-me por meu brilho e fervor mesclados com humildade e diligência, exemplo de um jovem cujo serviço a Deus já era tão entranhado e tão intensamente demonstrado. Você ouve discursos assim de todo tipo de gente, em ocasiões formais ou não, mas quero com isso mostrar-lhe como é fácil enganar, até porque os que estão sendo enganados também enganam e lhes faz bem ouvir de outros aquilo que podem fingir acatar e até aceitar internamente, assim aplacando seu próprio inferno interior.

A questão referente à desmoralização de uma crença que você provavelmente tem se relaciona à eficácia de uma acareação. Postos face a face, os que se contradizem entre si não teriam coragem de negar a verdade. Pura tolice. Fui acareado em circunstâncias dificílimas e venci sempre, até mesmo no caso dos seminaristas que atuavam como auxiliares de bibliotecários. Poderia dar vários outros exemplos, mas este para mim é lapidar o suficiente para ser o único narrado. Um desses seminaristas, que exercia uma espécie de liderança sobre os outros três, me tratava de maneira pouco deferente, até mesmo insolente. Resolvi que ele pagaria por sua ousadia e pagou.

Comecei a esperar a ocasião de pô-lo em seu devido lugar, com a paciência que sempre caracterizou minha ação, pois precipitar-se é, com toda a certeza, errar. E essa ocasião chegou quando a biblioteca do colégio recebeu de uma entidade filantrópica uma quantidade de livros novos bastante significativa, o que implicava trabalho de catalogação mais ou menos intenso. Esperando os muitos momentos em que a biblioteca, escura, cheia de desvãos e estantes altíssimas, ficava entregue às moscas, comecei a ir sistematicamente aos caixotes onde os livros recém-chegados estavam sendo ainda guardados, procurando, numa variante do que já fizera ao envenenar meus dois irmãos, o último dos caixotes que seria classificado. Às vezes levando até um pequeno saco, fui tirando livros desse caixote e os jogando num rio, num trecho remansoso e afastado chamado de Curva do Capão, tomando o cuidado de fechar novamente o caixote, o que não dava trabalho, pois já tinha sido aberto e somente lhe conservavam a tábua que o cobria. Assim mesmo, ainda seguindo mais ou menos a experiência do envenenamento, tirava livros de trás das inúmeras prateleiras que continham fileiras duplas e que sabia que não eram nunca solicitados e os punha sob a camada superior de livros, os quais eu não tirava, somente para prevenir a remota eventualidade de alguém levantar a tampa do caixote. Sabia que eles eram preguiçosos e lentos e demorariam muito na catalogação do livro. Só no dia da denúncia que faria é que poria alguns livros novos na camada de cima outra vez, para que a inspeção que eu tinha certeza de que seria conduzida não deixasse de ter êxito imediato.

Não demorei muito em fazer o que tencionava, pois, se é verdade que reconheço ter sorte, ao mesmo tempo não acredito nela. Pedi uma audiência ao padre reitor e lhe disse que lamentava, mas tinha outra denúncia a fazer, só que, dessa feita, não estava sendo tolhido por nenhum conflito de consciência, mas apenas movido pelo senso de dever e responsabilidade para com o patrimônio material e moral do colégio e do seminário. Não faria nenhum preâmbulo: simplesmente tinha descoberto que, provavelmente sob a orientação do seminarista que eu pretendia atingir, os encarregados da biblioteca estavam se livrando espertamente da tarefa de catalogar os livros recém-chegados, jogando-os na Curva do Capão. Estava por perto por acaso, quando vira o seminarista Waldir chegar com alguns livros e jogá-los ao rio. Não o interpelara imediatamente porque não sabia de que livros se tratava e estava num morrote um pouco afastado, mas, depois que ele saiu, eu ainda fora capaz de pescar, enganchado num tronco semi-apodrecido dentro d'água, um dos exemplares descartados, que trazia como prova.

Tomado de indignação, o reitor determinou imediatamente ao padre bedel e ao padre bibliotecário — este já quase em senilidade muito frágil e que todo mundo sabia que não fazia mais nada em função de seus inúmeros achaques — que fossem à biblioteca e verificassem todos os caixotes, bem como quaisquer indícios na Curva do Capão. Ele pessoalmente acompanhou a inspeção, enquanto eu me retirava com calmíssima tranqüilidade. A inspeção na biblioteca se realizou e, como eu já previra, vários livros foram encontrados na Curva do Capão e arredores, alguns boiando, outros presos em raízes de árvores, outros encalhados nas margens da correnteza branda. Os quatro seminaristas foram convocados e, naturalmente, negaram tudo, mesmo diante da "evidência" do livro molhado e do sumiço dos demais. O reitor os interrogou, ordenou-lhes que se recolhessem num dos muitos salões do casarão e mandou chamar-me.

— Eu sei que você tem razão e nunca faria uma denúncia tão grave sem ter certeza — me disse ele. — Mas eles negam ter feito isso com tal veemência que fico na dúvida sobre a culpa de pelo menos um ou dois.

— Bem, não sei dos quatro. Só vi, realmente, o colega Waldir atirando os livros fora.

— Eu sei que você não mente. Mas ele é dos que nega com maior intensidade.

— Nesse caso, eu tenho uma sugestão a oferecer ao senhor: uma acareação com ele. O senhor sabe que, numa acareação, é muito difícil mentir. Eu não me acho melhor do que ninguém, pelo contrário, e portanto aceito e até insisto na acareação. Com os outros, de nada adiantaria, pois não os vi cometendo esse ato de barbárie. Mas o senhor pode promover uma acareação entre Waldir e eu, para que se confirme a verdade. Eu quero ver ele olhar nos meus olhos e dizer que estou mentindo.

O reitor aceitou prontamente a sugestão, me elogiando pela coragem e pelo esforço no estabelecimento do que ele sabia não ser uma aleivosia. Ele estava seguro, porque me conhecia o suficiente, de que eu não tinha inventado nada, mas, com a acareação, qualquer dúvida seria de pronto dirimida. Foram convocados o padre bedel e o bibliotecário, para presenciar o grande momento. E assim nos defrontamos sentados, Waldir trêmulo e pálido, e eu tranqüilo e sereno. Hoje, chego mesmo a pensar que, sem querer, não estava fazendo uma acusação inteiramente falsa, pois o nervosismo de Waldir era tanto que teria sido bem possível que ele tivesse cometido irregularidades na biblioteca. Mas isso não vem ao caso. O que interessa é que, olhando diretamente para ele, esperei que o reitor deflagrasse a confrontação.

— O senhor já sabe — disse o reitor a ele. — Este seu colega declarou que o viu atiçando livros fora na Curva do Capão.

— Mentira! — bradou Waldir. — É mentira desse...

— Modere seu tom e observe sua linguagem — disse o reitor. — Quem não deve não teme. O senhor afirma que não praticou o ato denunciado por um seu colega, respeitado e estimado por todos, aqui no seminário. Limite-se a responder ao que lhe é perguntado.

Eu vou fazer a pergunta: o senhor jogou fora livros da biblioteca ou não?

— Não, senhor! — disse Waldir, gaguejando, suando e com um olhar de ódio profundo para mim. — Eu não fiz nada disso! Eu nem conferi aquele caixote!

— O senhor está defrontado com o colega que fez a denúncia. Estamos fazendo uma acareação. Agora contenha seu nervosismo, o que já não diz bem de suas afirmações. Mas agora é a vez de eu fazer a pergunta destinada a seu colega. Da mesma forma que ele, quero que o senhor mantenha silêncio, enquanto ele responde.

— Sim, senhor.

— O senhor — me perguntou o reitor, com a expressão de que já estava convencido de que minha invenção era verdadeira — viu este seu colega jogando no rio livros destinados à biblioteca?

— Vi, sim, senhor. Uma espécie de sacola cheia de livros, na hora do recreio da quarta-feira passada.

— Mentira! — gritou Waldir, levantando-se da cadeira como quem marchava para me agredir fisicamente, para logo em seguida sentar-se, com o corpo todo tremendo e o rosto ainda mais pálido. — Mentira! Eu nunca joguei livro nenhum no rio, é mentira desse... desse... É mentira dele!

— É mentira? — perguntou-me o reitor.

— Não é mentira — disse eu, ainda olhando alternadamente para Waldir e para o reitor, com a fisionomia plácida e serena. — Mas tenho de reconhecer que é a palavra dele contra a minha e que é prerrogativa exclusiva do senhor escolher qual a verdadeira versão.

— É a palavra de um seminarista exemplar, diante da palavra de outro, que nunca foi exemplar em nada senão em falta de aplicação no estudo. E o nervosismo e a pobreza de argumentos que apresenta já o denunciam, não é preciso ser nenhum psicólogo, como, aliás, eu sou, formado, para perceber a situação. Por mim — falou na direção dos outros dois padres presentes — a verdade já foi estabelecida. E, mesmo que não fosse verdade, o que está fora de cogitação, as responsabilidades deste rapaz frente aos seminaristas que cumprem tarefas na biblioteca já seriam suficientes para incriminá-lo. Está encerrada a acareação. O senhor — endereçou-se outra vez a Waldir — pode retirar-se.

O reitor, os dois padres e eu, que permanecemos na sala da Reitoria, comentamos, com minha participação somente se fosse solicitada, o acontecido. Em determinado instante, prevendo que aquilo, obviamente, só contaria pontos para mim e nenhum para Waldir, fiz-lhe a defesa. Que a expulsão cogitada não fosse levada a cabo, nem que nenhuma punição fosse aplicada aos outros três. Afinal, eram jovens imaturos, aquilo podia ser perdoado. Cheguei mesmo a implorar, embora estivesse cansado de saber que era em vão, diante dos estatutos do seminário e das tradições de disciplina, por penas leves para Waldir e os outros. O reitor me olhou com afeto paternal, me elogiou outra vez e disse que eu podia retirar-me, não tinha que participar da decisão que tomaria.

Decisão essa que foi expulsar Waldir e retirar quaisquer prerrogativas dos outros — que, aliás, acho que acabaram acreditando na minha história e os que por acaso estivessem pensando em me tratar como o líder deles me tratava desistiram prontamente — durante um ano, inclusive ir à cidade, assistir ou praticar futebol, além de obrigações extras e orações de contrição.

Waldir vinha de uma cidade muito distante do seminário, mas assim mesmo talvez lhe surgisse a idéia de vingar-se de mim, mas de novo a sorte me bafejou. Porque era seminarista por promessa feita à sua mãe, esta ficou acamada quando foi informada da expulsão e ele, depois de se tornar um beberrão de cachaça contumaz, cometeu suicídio, se enforcando numa corda pendurada no galho de um oitizeiro, o que se soube meses depois no seminário, sem muita consternação. Não posso negar que a morte dele para mim foi um alívio, porque não fazia idéia da importância do seminário na vida familiar dele. E é um bom dado para o conhecimento de quem me lê, pois desta maneira aprende, através de um fato absolutamente verdadeiro, a não ser, como já avisei, pelos nomes envolvidos, que as acareações só servem para o caso de fracos e condicionados a fenômenos que não fazem parte essencial da condição humana e só servem para engabelar a maioria, na qual incluo você, naturalmente. E na qual se inclui até gente que se considera habilitada a avaliar tais situações, como no caso do reitor, psicólogo formado e perfeito parvo, no caso. Não há, num relato deste tipo, a necessidade de dizer-lhe isto que vou dizer agora. Mas talvez haja, pelo menos do meu ponto de vista, no momento: você é um trouxa.

Maria Helena é um fato singular, singularíssimo, em minha vida. Hoje algo me diz que nunca fui apaixonado por ela. Mas, na época, apesar de alguns intervalos de dúvida, achei que estava. Ela era uma das poucas louras da cidade onde ficava a paróquia que me hospedava durante as férias, de olhos azuis e feições angelicais. Era atraente, sim, sob todos os sentidos, mas meu interesse cresceu somente quando soube que era noiva — e noiva de um rapaz por quem eu alimentava forte antipatia, pois ele sempre me cumprimentava usando o título de padre num tom irônico. E foi ela quem me procurou, o que, de certa forma, já se havia tornado uma espécie de moda na cidade: eu era considerado melhor conselheiro espiritual do que o pároco. E, sob um aspecto, tinham razão. Quando não se tratava de um fato que não me concernia, eu dava bons conselhos. Hipócritas e santimoniais, mas bons conselhos.

No começo, não senti nenhuma atração dela por mim que não a da orientação espiritual mesmo. Ainda assim, fiquei surpreendido porque o noivo não opôs objeções às visitas que ela me fazia, se bem que ela sempre vinha na companhia de sua melhor amiga e que outros noivos da cidade também não se incomodassem e alguns até encorajassem as visitas a mim, porque isso parecia garantir a virtude delas. Levei tempo para entender direito o que ela queria, mas, aos poucos, fui descobrindo o que se passava. Em primeiro lugar, ela dizia que gostava do noivo, mas não tinha certeza de que queria realmente casar-se com ele. Era coisa mais ou menos arranjada entre as famílias e ela também achava que o noivo se sentia como ela. E, não obstante, ela lhe concedia certas intimidades, superficiais, mas sempre intimidades.

Na primeira visita que ela me fez desacompanhada, confessou quais eram essas intimidades. Eles não só se beijavam lascivamente, como ele lhe apalpava os seios e ela, duas ou três vezes, lhe tocara no pênis, embora sempre por cima das calças dele. Lamentei o ocorrido, sugeri-lhe confissão ao pároco, mas ela se recusou. Continuei, durante uma ou duas outras sessões, a bancar o santarrão e aconselhá-la a evitar tais intimidades, que só caberiam, e em muito maior extensão, sob o pálio do santo matrimônio. Isto até o dia em que ela prorrompeu numa crise de choro e me abraçou. Caiu em meus braços praticamente e, não sei como, daí para um beijo foi um passo direto. Iniciou-se assim uma série de encontros cada vez mais ousados, em que fui tão longe como com quase todas as outras noivas com quem tive contato. Rememoro com especial deleite a expressão dela, quando pela primeira vez lhe desabotoei a blusa e chupei os bicos rosados e arredondados de seus peitos, o que dava a ela enorme prazer. E fomos, num crescendo lento mas firme, nos tornando, preservada a virgindade tanto na frente quanto atrás, verdadeiros amantes. Não posso negar que ela era realmente especial, na sua sensualidade extrema, acobertada pela aparência inocente.

Até que, num fim de tarde brumoso do qual não me esqueço, ela me apareceu inesperadamente. Passei a chave na porta do escritório como de costume e parti para enlaçá-la, mas ela me empurrou delicadamente.

— Que foi? — perguntei, genuinamente espantado.

— Você se aborreceu com alguma coisa? Está com ciúme de alguém. Eu nunca tive nada com nenhuma outra mulher na vida, só rompi minha castidade com você.

— Não é nada disso — respondeu ela, me encarando nos olhos com a voz decidida. — Vim lhe dizer que não quero continuar essa relação com você. Não venho mais aqui. E vim hoje só para avisar. Ficamos amigos, mas a distância, sem mais nada dessa maluquice que estávamos fazendo.

Mas por quê, por quê? Ainda achando que era uma coisa momentânea, uma negaça feminina como eu já tinha testemunhado e contornado, procurei abraçá-la de novo, mas ela ficou vermelha, assumiu um ar quase agressivo e disse que estava falando sério, muito sério. Aquilo tudo estava errado, ela havia pensado muito, era realmente noiva e não fazia aquelas coisas com o noivo, que não merecia o que lhe estava acontecendo. Mas que mal fazia, se ele não sabia de nada? Não interessava, ela sabia, era o que bastava. E eu, como ficaria eu naquela história, depois de tão envolvido com ela — e só com ela, menti outra vez —, violando gravemente minha condição praticamente já sacerdotal? Ela não sabia, não podia solucionar aquele problema para mim. Continuaria, sim, a ter estima por mim, a se considerar minha amiga, mas era só. E, esticando o braço para me manter a distância, me apertou a mão, abriu a porta e saiu sem olhar para trás.

Estupefato, derreei-me na cadeira, depois de resistir ao impulso insensato de sair correndo atrás dela, pegá-la pelo braço e fazer com que se explicasse melhor. O coração apertado, a garganta também estreitada, cheguei a pensar que ia perder de vez o fôlego e só a muito custo consegui livrar-me da tontura que tomou conta de minha cabeça. Como era possível que o amor que ela me vinha declarando fazia tempo se tivesse dissolvido daquela maneira tão abrupta? Que mistério era aquele? As mulheres de fato se comportavam da maneira ilógica e caprichosa que as tornava tão insondáveis para a maioria dos homens, que se queixavam quando conversavam comigo sobre elas? Ou aquilo era apenas um rompante momentâneo, uma maneira de aguilhoar meu desejo por ela, de obter alguma coisa que ela, sem essa manobra, considerava impossível?

Não podia ser. Nem ela era assim, dissimulada, calculista ou irresponsável como as outras, nem eu era apenas um joguete, um brinquedo que perdera seu encanto e agora era descartado. Contra todos os meus hábitos e a maneira de encarar os fatos com a objetividade fria que tão laboriosamente desenvolvera, confesso que me desnorteei a tal ponto que, quando tomei consciência, estava diante do rio e de um pôr-do-sol baço e esmaecido, o vento frio me agitando a batina. E, sem levar em conta meus deveres na paróquia — o que, hoje sei, faria até mesmo se o pároco reclamasse, o que era muito improvável —, vaguei pela cidade aereamente, mal respondendo aos cumprimentos de todos os que passavam por mim. Cheguei a parar para ouvir o que me dizia uma velha senhora insistente e de voz nasalada que normalmente eu suportaria com paciência, mas não me lembro de nada do que ela falou. Pretextei dor de cabeça, fingi aceitar a receita de um comprimido que ela me sugeriu e continuei sem rumo pelas ruas, até que cheguei à conclusão de que o melhor lugar para mim, naquele instante, era meu quarto na casa paroquial, onde poderia isolar-me à vontade. Era hora da ceia e, ainda sob o pretexto de dor de cabeça e mal-estar generalizado, não apareci, e quase grito diante da insistência do pároco em que eu tomasse algum remédio. Não, não precisava de remédio nenhum, meu remédio seriam orações e recolhimento, por favor me deixassem a sós, o que, finalmente, consegui.

Na cama, não dormi. Esperei a voz de minha mãe, mas ela não surgiu e me senti sozinho, mais sozinho do que recordava já ter estado na vida e com um sentimento detestável de pena de mim mesmo. Como podia ter acontecido aquilo? Pesei todas as hipóteses, inclusive a de que ela tivesse contado tudo a alguém e recebido conselhos. Não. Se outras, trêfegas e mesmo levianas, nunca haviam contado nada, por que ela o faria? Ou faria? Minha cabeça começou a efetivamente doer, quase estalando de dentro para fora, mas não procurei os remédios que me haviam recomendado. Por que minha mãe não me oferecia ajuda, naquela hora tão desalentada? Cheguei a falar baixinho, para ver se ela me respondia, mas tudo o que ouvia eram as vozes, cada vez em menor número, que vinham do largo em frente à casa paroquial, até que o silêncio da noite acobertou a cidade, quebrado de quando em vez pelos latidos de algum cachorro e os pios das corujas que a essa hora saíam para caçar ratos.

Não consigo reconstituir o momento em que, de repente, a solução me apareceu, a dor de cabeça amainou e cheguei a sorrir, antes de dormir. Claro, claro, só podia ser aquilo, minha paixão me cegara para o que saltava à vista. Ela era noiva, tinha um futuro assegurado, se bem que com um marido simplesmente remediado. Comigo, na minha condição sacerdotal, corria o risco de um relacionamento que, mais cedo ou mais tarde, viria a público, com todo o estigma que isso traria. Não podia esperar que nada se construísse sobre um alicerce tão vulnerável. Ao mesmo tempo, ela tinha escrúpulos em me pedir uma definição, era mais do que natural. Um horizonte límpido, mesmo luminoso, se abriu diante de mim. Eu era rico ou ficaria muito rico depois da morte de meu pai. Por que, então, não abandonar o seminário e toda aquela palhaçada a que tivera de acostumar-me? Meu pai, certamente, levaria isso na conta de outra fraqueza minha e, conhecendo-o como eu o conhecia, manteria os meus "vencimentos" enquanto vivesse. Sim, era isso, só podia ser isso. Maria Helena queria, na verdade, casar-se comigo e, como considerava essa hipótese impossível, preferira afastar-se. Mas logo mudaria de idéia, depois da conversa que teria com ela, para a qual só me faltava uma oportunidade. E eu não a chamaria explicitamente para uma conversa, porque isso poderia espantá-la, na crença de que eu voltaria a assediá-la. Não, eu já tinha a perfeita razão para que voltássemos a nos encontrar, razão essa a que, eu tinha certeza, ela não poderia resistir.

Durante vários dias, sofri intensamente, pensando numa forma de entrar em contato com ela. Não queria comer, tinha surtos de angústia dolorosíssimos, não conseguia prestar atenção a nada, passava horas chorando ou quase chorando — tinha certeza, enfim, de que estava apaixonado pela primeira e, para mim, definitiva vez. Hoje, sei que era diferente, mas, na época, me sentia apaixonado, não podia ser outra coisa, só queria saber como fazer para falar com ela. Quem morou numa cidade pequena naqueles tempos sabe como era difícil um encontro desse tipo — e ainda é, de certa forma, até hoje. Meu estado de espírito, visto hoje em perspectiva, chegava ao ridículo, ou, pelo menos, ao tragicômico. Quando me recordo daqueles dias, invariavelmente me surge a imagem de um palhaço de ópera, desses de enormes lágrimas vermelhas sobre a cara pintada de alvaiade. Todo tipo de idéia absurda me ocorreu, desde matar o noivo até escrever a ela uma carta ou um bilhete. Creio mesmo que tive alucinações, em meio ao fôlego curto que o peito opresso me causava. Mas minha maturidade, vigilante e persistentemente cultivada durante tanto tempo, não me permitiu cometer as loucuras que me vieram à mente e, apesar de absurdamente atarantado, nunca cheguei a praticar nenhum gesto irracional.

Acabei concluindo que a solução mais eficaz era a mais simples: uma comunicação direta, aproveitando qualquer oportunidade que surgisse para falar com ela rapidamente. E essa oportunidade chegou no dia 19 de março, dia de São José, padroeiro da cidade, já bem próximo do fim de minhas férias. Como sempre, ela participaria da procissão festiva e da quermesse que a paróquia organizava. Aí estava minha ocasião. Falhei na primeira tentativa, que consistiu em, a pretexto de cumprimentá-las, falar com muitas das moças que me visitavam e que também tomavam parte na procissão. Pacientemente, afetei interesse por todas e levei algum tempo trocando algumas frases banais com uma de cada vez, a fim de não levantar suspeitas, na ocasião em que chegasse a vez dela. Mas não deu certo, porque ela, ao me ver aproximar-me, mudou de lugar e não olhou em minha direção. Ao que tudo indicava, sua decisão permanecia sólida e eu teria mais trabalho em falar com ela do que pensava.

Só consegui isso à noite, na praça em festa, que parecia ter somente bandeirolas e gambiarras, depois de fazer a ronda das barraquinhas umas quatro vezes, tendo de dominar a impaciência e ansiedade que não cessariam enquanto não conseguisse dizer a ela o que queria. Na barraca dela, que vendia desde imagens e estampas do santo e da Sagrada Família até guloseimas caseiras, vislumbrei, a uns vinte metros, que suas duas companheiras estavam ocupadas, enquanto ela, com os cotovelos no balcãozinho improvisado, esperava o aparecimento de algum novo comprador, olhando com curiosidade para a banda Lyra Orpheonica São José, que se preparava para começar a tocar, como de fato começou nesse momento, o que era bom para mim, já que o som da música tornaria minhas palavras ininteligíveis, a não ser para quem estivesse muito perto. Querendo correr, mas tendo de afetar passadas normais, embora apressadas, cheguei até ela, que, entretida com a banda, só me notou quando eu já estava a seu lado.

— Como vai você? — disse eu. — Se não me engano, você disse que continuaria minha amiga, depois do que se passou.

— E continuo — respondeu ela, com certo nervosismo. — Nesse ponto, não mudou nada. Mas aqui não é lugar para conversar sobre isso.

— De fato. Mas eu compreendo suas razões, aceitei tudo e não quero voltar àquela nossa situação. O que eu vou lhe dizer é para seu próprio bem. Quer dizer, para o nosso bem. Como simples amigos, nada mais do que isso. É porque você não pensou num aspecto desta situação.

— Não se criou situação nenhuma, a que se criou já acabou de vez, pensei que isso estava claro.

— E está, eu também acho que cometemos um erro e não quero voltar a ele. Mas é outro aspecto do problema, como eu disse, que não tem nada a ver com refazer nada, só garantir nossa promessa de amizade.

— Pode falar.

— É que, antigamente, você aparecia toda semana, às vezes duas vezes por semana, lá no meu gabinete. Agora, faz quase um mês que não vai. Você não acha que isso pode fazer alguém desconfiar de alguma coisa, até mesmo sua família ou seu noivo? Se acha que não, não tenho mais nada a dizer. Mas eu acho que sim e é só por isso que lhe peço que me faça uma visitinha de vez em quando, só para não levantar suspeitas, como eu já disse. Posso lhe garantir que não tentarei fazer nada com você, aquilo para mim também já é passado, ainda mais agora que já estou voltando para o seminário, onde será ainda mais fácil terminar de esquecer tudo.

Ela pareceu tocada por minhas palavras e esboçou um sorriso, embora ainda nervosa. Estava bem, eu não deixava de ter uma certa razão, pois suas amigas lhe perguntavam o motivo para a suspensão das visitas e talvez isso causasse até suspeita de que houvera rompimento, com toda a certeza, levando-se em conta a maldade humana, por um motivo inconfessável. Estava bem, ela iria ver-me no dia seguinte, no horário de costume, aí pelas cinco da tarde. E então, quase com alívio, apertou minha mão cerimoniosamente e se dirigiu pressurosa a um novo freguês. Mas garantira a visita e eu sabia que não falharia. Pronto, realmente não tinha havido nenhuma das dificuldades criadas por minha imaginação perturbada, fora tudo, afinal, muito simples. Voltei para casa imediatamente, tranquei-me em meu quarto e passei a ensaiar meu discurso, que tinha de ser tão rápido e eficiente que a aturdisse e fizesse com que aceitasse de pronto aquilo que eu julgava ser também o objetivo dela. Seria sentimental, falar-lhe-ia do imenso amor, da paixão incontrolável em meu peito, aproveitaria a inevitável comoção nela para de novo enlaçá-la e selar nosso acordo entre beijos e afagos ousados? Resolvi que tinha de deixar isto acontecer ou não, dependia demais da reação dela para poder ser planejado. Não, não; cogitar disso somente na eventualidade, bastante provável, de ela se desvanecer diante de meu discurso inicial.

— Que alegria! — exclamei, enquanto seguia minha praxe de passar a chave na porta e depois de apertar a mão que ela me estendia, esticando o braço para guardar distância entre os dois, que eu mantive sem nenhuma resistência. — Antes de lhe falar, eu já estava mesmo ficando preocupado e tenho pensado no assunto durante semanas. Cheguei a duvidar de sua confissão de amizade para sempre.

— Você sabe que é verdade — respondeu ela, mexendo-se desconfortavelmente na cadeira. — Apenas eu... Quer dizer, depois do que aconteceu, eu achei que... Bem, está tudo certo agora, não vamos passar daqui. Nunca.

"Nunca" é uma palavra forte demais, respondi eu, não deve ser usada com leviandade. Claro que não iria trair sua confiança, buscando aquilo que ela já tinha explicitamente recusado. Mas não podia deixar de dizer-lhe algo que seguramente a surpreenderia. Não seria honesto de minha parte ocultar aquilo, como se meus olhos estivessem toldados por uma visão do mundo irrecorrível. Nada era irrecorrível e, assim, eu era obrigado a dizer — por favor, escutasse-me com atenção, eu não levantaria um dedo para tocá-la, só queria sua atenção durante uns poucos minutos — o que já devia ter dito desde a primeira vez em que nos tocáramos. Pensara muito no assunto e vira como a subestimara, como a tratara sem sensibilidade e talvez até com grosseria, apesar de involuntária, conseqüência de minha falta de traquejo em tratar com mulheres, afinal ela tinha sido e sempre seria a primeira e última mulher em minha vida. Agora via como tinha agido, grosseiramente, como se ela fosse uma qualquer, como também não se tivesse exposto a dilemas, sacrifícios e problemas da consciência. Nem uma só vez tomara em consideração os sentimentos dela. Nem uma só vez lhe confessara amor e, pelo contrário, talvez lhe parecesse um aventureiro disfarçado, tirando vantagem de uma jovem inocente e indefesa. Na verdade, em meu comportamento estúpido, eu a tratara como a uma boneca, um objeto sem sentimentos. Mas queria que ela soubesse que, depois de alguma reflexão, eu tinha aberto os olhos e não podia deixar de dizer-lhe que meu comportamento desajeitado e rude não se devera àquilo, e meus laços com ela — só falava por mim, é claro — não se limitavam ao que meu comportamento mostrava, antes, muito antes, pelo contrário.

Não, não, não fosse embora, eu cumpriria minha promessa de não me aproximar dela, só precisava realmente de mais um minuto ou dois de atenção. Ela não tinha que me responder, não tinha que me dizer nada, eu é que precisava falar, sentia-me na obrigação de falar, por favor me concedesse aquela oportunidade, não queria mais nada além disso. Suspirei fundo, levantei-me, andei até a janela fechada e fiquei diante dela, como se olhando através da madeira, as mãos cruzadas nas costas e os dedos se entrelaçando e desentrelaçando repetidamente. Virei-me para ela, olhei-a nos olhos por alguns instantes e, no que julgava ser um gesto eloqüente para ilustrar a situação que confessava, baixei o olhar. Estava cabisbaixo não de vergonha propriamente, mas porque me era difícil falar o que eu ia falar, jamais me imaginara ver-me em tal posição, mas a vida era assim mesmo: pensa-se que já se sabe tudo e não se sabe nada, surge sempre uma surpresa, um fato completamente inesperado, que nos faz rodopiar e ver o mundo de maneira inteiramente diversa do que se julgava ser uma visão definitiva. E também sabia que estava fazendo rodeios em demasia, mas de novo eram fruto do meu nervosismo e inexperiência. Mas os deixaria de lado, porque estava claro o desconforto dela e era preciso resolver de vez aquele problema, problema meu, apenas meu, que passaria a ser dela também somente se ela quisesse.

Enfim, disse, levantando o rosto e com a voz hesitante e quase trêmula, a verdade era que eu estava apaixonado por ela. E, para não encomprirar mais as coisas, tinha afastado complicações aparentemente inerentes à minha decisão, mas absolutamente irrelevantes, se se pensasse bem. Como padre, eu nunca poderia ter mais nada a ver com ela, além da própria amizade, embora já um pouco dificultada pelo acontecido antes. Mas eu não tinha nascido padre, nem nada me obrigava a tornar-me um padre. Era um homem já maior de idade, a quem cabia interferir em seu próprio destino. Em mais um ano eu me ordenaria, mas podia perfeitamente recusar-me a fazê-lo. Não seria fácil enfrentar a oposição que se formaria no seminário, mas já ouvira falar em dezenas de casos semelhantes e até mais complicados. Isso não seria nenhum obstáculo, se minha vontade, que não era fraca, resistisse, como eu tinha certeza de que resistiria.

Enfim, repeti, suspirando, me ruborizando e agora olhando fixamente para ela. Enfim, o que eu estava propondo era deixar o seminário, terminar minha formação num colégio leigo, fazer vestibular para alguma profissão e casar com ela. Sim, era o que ela estava ouvindo, casar com ela, casar no religioso e no civil, regularizar nossa situação e dar plena liberdade a nosso amor. E, ainda por uns dois minutos, usei o melhor da minha eloqüência, terminando com a reiteração agora da frase "dar plena liberdade a nosso amor".

— Aí é que está o problema — disse ela. — Não existe esse nosso amor de que você fala. Pode existir seu amor, mas não o meu.

Negaças femininas, já tinha lido o suficiente em livros e ouvido confidências diversas, que me mostravam como as mulheres tinham uma espécie de apego a certas técnicas de fingir que não queriam, para serem mais queridas e, talvez, obter vantagens. Apesar disso, desconsertei-me um pouco, tomei uma espécie de susto e já ia abrir a boca para procurar vencer gradualmente essa negaça, quando ela voltou a falar, com uma firmeza que nunca antes observara nela. Sim, era o que eu tinha ouvido. Quando o nosso caso havia começado, ela sofrera bastante por trair o noivo, que não só não merecia, mas tinha sido seu único namorado desde os catorze anos. Havia atravessado, como eu sabia, um verdadeiro inferno por causa daquilo. E agora — agora, não, fazia já um certo tempo — compreendia que o lugar dela era ao lado de seu noivo, que traíra sem pensar, movida por uma atração fugaz, pela minha conversação brilhante, meu jeito cativante de ser, minha inteligência e tantas outras qualidades que todos viam em mim. Não queria magoar-me, daria tudo para não ter que ferir-me, mas tampouco podia enganar-me de maneira tão grave e tinha perfeita consciência de que minha vocação sacerdotal venceria tudo, inclusive aquela desilusão momentânea.

Não, eu que a perdoasse, pois, também inadvertidamente, talvez fosse a culpada de eu julgar que meu amor era correspondido. Com certeza, era pelo menos em parte culpada e pedia outra vez perdão por isso. Mas não se podia viver sob uma mentira, e ela mentiria, se dissesse que correspondia ao que eu chamava de paixão, mas também, como decerto veria logo, ao voltar para o seminário, era um fogo passageiro, algo que acomete todos os jovens, pois, como eu mesmo dissera, eu não nascera padre. Mas me tornaria, para orgulho dela, um grande padre e — quem sabia? — talvez feliz em celebrar o casamento dela com seu noivo. Não, ela não podia fingir reciprocar meu amor, porque não era verdade, estava sendo franca para meu próprio bem.

Negaças, negaças. Ainda que inseguro, quase tonto, insisti nos meus argumentos. Poderíamos casar-nos logo, eu já tinha renda mais do que suficiente para manter uma família e seria, como ela não ignorava, um homem muito rico, depois da morte de meu pai. Compreendia que ela tivesse sido tomada de surpresa pela minha revelação, mas agora ela não precisava manter reservas. Claro que sentia amor por mim também. Eu conhecia o caráter dela, ela não faria o que fizera comigo se não estivesse também apaixonada.

— Não — disse ela, já se levantando para sair. — Foi uma fraqueza, uma fraqueza passageira. E, no seu caso, também deve ter sido, o tempo vai mostrar.

— Você compreendeu de fato o que eu lhe disse? Entendeu mesmo o que eu falei?

— Entendi perfeitamente — disse ela, aproximando-se de mim à distância de um braço meio estendido e me acariciando rapidamente o rosto com um intolerável ar fraternal. — E espero que você tenha entendido tudo o que eu lhe disse também. A amizade continua, hem? Disso nunca duvide. Nas suas próximas férias, eu apareço para uma visita.

Apertando-lhe frouxamente a mão que me oferecia, nem me mexi, quando ela, terminado o aperto de mão, sorriu, deu-me um adeusinho e saiu, puxando a porta, que nem me preocupei em trancar, porque caí praticamente estatelado na poltrona em que ela estivera sentada. Uma fraqueza? Uma fraqueza apenas, eu não tinha passado de uma fraqueza momentânea da parte dela? E por que agora eu não podia levá-la na mesma conta — apenas um instante de fraqueza meu, não diante dos votos que vinha fazendo no seminário maior, aos quais, como você já sabe, nunca dei, nem daria, nem darei importância, mas diante de mim mesmo, da necessidade de manter controle sobre mim mesmo e sobre as coisas que me afetam? Por que não podia, assustadoramente não podia? Acredito ter entrado momentaneamente numa espécie de pânico, quase fazendo menção de sair correndo a esmo, apesar das pernas trêmulas e do suor frio que me veio à testa. Sacudi a cabeça vigorosamente algumas vezes, como se aquilo fosse espanar todo o episódio de minha mente, mas o que me veio, o fôlego recuperado e eu já sentado e composto em minha cadeira, foi um sentimento de desmoralização, de vítima de embuste, de joguete nas mãos de uma jovem inescrupulosa, de alvo de ridículo, de derrotado, derrotado, derrotado, perante ela e em meu foro íntimo, que não podia aceitar essa humilhação sem me levar ao mais completo descontrole dentro de pouco tempo. Então eu, que nunca sofrera derrota diante de tantos obstáculos mais poderosos do que eu, agora me via reduzido à expressão mais simples por uma fedelha interiorana, que me desprezava, me preteria, não via nada de especial em mim? Fedelha interiorana, sim, porque eu não tinha experiência direta do mundo lá fora, mas meus horizontes eram abertos, principalmente pelas leituras e até pelo cinema, com uma biografia já mais cheia de lances dramáticos que a de muitos velhos, não era, fazia muito, mais um fedelho interiorano como ela, não havia nem como chegar perto de cogitar isso, eu era um homem por todos os títulos superior, que não podia, por uma questão praticamente de honra, aceitar ser feito de besta com tanta facilidade.

Sim, tudo isso era verdade, mas é também verdade que não posso negar o impacto surpreendente que aquilo teve sobre mim, a confusão de sentimentos que me deixou mais desnorteado ainda do que antes, inseguro mesmo, como já me desacostumara a sentir-me e me achava até imunizado. Levei muito tempo, mesmo depois de regressar ao seminário, para voltar a agir racionalmente. Cheguei a pensar em dar um fim no noivo dela, ou a cometer contra ela mesma um gesto de loucura qualquer. Mas agora vejo que eram simples sombras em minha cabeça, pois eu sabia que, de acordo com meus provérbios favoritos, que se equivalem em significado, nada como um dia depois do outro e o mundo dá muitas voltas. Viria a ocasião, eu não sabia como, mas viria, em que minha honra íntima e pessoal seria lavada, frente àqueles que mais me importavam, ou seja, eu e minha mãe. Que, por sinal, foi quem me reassegurou disto mesmo, subitamente falando sem se anunciar aos poucos como de costume, na noite seguinte à minha humilhação.

— Não te preocupes, meu filho — disse ela tarde da noite, depois de eu já ter passado horas suando e me virando na cama, sem conseguir dormir. — As injustiças que sofreste e sofres não passarão em branco e são a garantia de que serás vingado e nada que te contrarie passará em branco. Não te afobes, não percas a calma que é de tuas maiores forças, não percas o equilíbrio. Ela não te quis, tanto pior para ela. E bem melhor para ti, que não entra num casamento tão moço ainda, do qual com toda a certeza irias arrepender-te. Não digo que a esqueças, pois isso seria impossível e contrário a teu temperamento, mas digo que adie tua satisfação, porque ela advirá, eu te afianço. Não a esqueças, mas não deixes que isto atrapalhe o teu itinerário. Tudo a seu tempo, como verás. As injustiças e desilusões só te fazem fortalecer e amadurecer cada vez mais. Espera confiante, sempre vencerás.

Da mesma forma de sempre, suas palavras me consolaram e eu nem precisei responder. Ela, como não podia deixar de ser, tinha razão, o que me acalmou e me levou a conciliar o sono. Ninguém, a não ser minha mãe e meus provérbios, me garantia nada, mas eu não tinha mais dúvida de que o destino de Maria Helena e o meu ainda se cruzariam no futuro. E eu não deixaria tudo ao acaso, procuraria propiciar as circunstâncias adequadas da melhor forma possível. Isso, logo depois de minha ordenação, teve influência em certas decisões que vim a tomar, ao contrário de minha expectativa anterior, que era deixar as pequenas cidades e mesmo as médias, como Pedra do Sal, e ser designado, usando, ainda que sem a colaboração dele, o prestígio de meu pai para conseguir da arquidiocese o que quisesse e estivesse ao alcance dela, no caso começar numa paróquia de prestígio na capital. Adormeci apaziguado e quase sorrindo.

Faz dois dias, parei de escrever este livro, que, aliás, me tem saído bem menos dificultoso do que eu imaginava antes, no que desmistifico mais um pouco a suposta possessão dos escritores pelas musas, ou a necessidade de aptidões especialíssimas para escrever um livro. Além disso, aprende-se com a prática, pois já me sinto bem mais à vontade agora e sei que é só uma questão de continuar pondo papel na máquina e datilografando, que tudo se conclui a contento. Mas eu queria avaliar o que já fiz, o que também descobri requerer um certo aprendizado, alguma experiência, pelo menos. Por exemplo, não sei dizer, embora anteriormente achasse que saberia, a que altura estou do livro. Não sou capaz de fazer uma idéia clara disso, embora algumas decisões que a leitura me levou a tomar me indiquem que estou mais ou menos pela metade. Não vou corrigir nada, até porque não está mal escrito e é um assunto interessante para quem julga, como quase todos, compreender a natureza humana, mas no fundo sabe que não é verdade, até porque ver a verdade para a maioria seria intoleravelmente doloroso. E, no entanto, persegue essa verdade que raramente alcançará, como eu alcancei. Por causa dessa maioria — não por esperar convencê-la, pois isso é quase impossível, mas para inquietá-la — resolvi não mudar nada do que já escrevi. Se estiver pela metade, paciência, haverá sido porque tem de sair assim.

Vejo certos defeitos nas páginas precedentes mas, em vez de reescrevê-las, apenas aponto esses defeitos, que pilhei a tempo de contê-los, mas que talvez até hajam posto sal na narrativa, embora este não seja o meu intento. Não estou escrevendo um romance, mas realizando um projeto pessoal de cujas intenções e motivações já lhe dei alguma idéia. Sei que, irremediavelmente, cada um que ler estas páginas vai fazer uma idéia individual, diversa das alheias, embora talvez semelhante nas linhas gerais. Mas compete a mim manter a disciplina narrativa sob controle racional, procurando evitar tanto quanto possível interpretações equivocadas, irritantes e enervantes. Se você acha que posso estar me referindo a você, tem toda a razão, porque a maioria lê através de filtros a que se apega de forma demente e não vejo motivo para você ser exceção. Há muita gente, gente demais, que lê nas entrelinhas, um perfeito exercício de imbecilidade, defesa neurótica contra a realidade ou, em inúmeros casos, o achar-se tão sabido que se acaba sendo besta. Não existe essa coisa de entrelinhas. Pelo menos nos livros honestos, como este, não há nada nas entrelinhas, tudo deve ser procurado e será devidamente encontrado nas linhas, aqui não são oferecidas entrelinhas, à merda o entrelinhador, pode largar este livro e ir gastar seu tempo ruminando o bolo alimentar de sempre. Melhor do que ler textos diretos querendo ser esperto e vendo nele coisas indiretas.

Por exemplo, ocorreu-me que alguém poderá achar que, contando episódios de minha vida de seminarista, eu quero fazer alguma denúncia ou condenação da Igreja. Não abrigo o menor propósito de fazer qualquer denúncia, até mesmo porque nada do que contei é novidade, com a possível exceção de um ou dois pormenores sem importância para ninguém. Mas talvez eu tenha me estendido demais nessa parte de minha vida, talvez tenha deixado a Vaidade a que já me referi assumir o controle, aqui e ali. Talvez não precisasse discorrer tanto sobre o que fiz no seminário, porque não é central a meu projeto, é apenas acessório, não necessariamente uma completa inutilidade, mas em rigor dispensável. E algum idiota, inclusive possivelmente você, ao menos segundo meus critérios estatísticos, poderá ficar pensando em denúncias e outras tolices semipanfletárias, em sua maior parte cretinas. Não é nada disso, repito que não estou denunciando nada, até porque, na Igreja, há o mesmo percentual de canalhas, embusteiros, hipócritas, salafrários e beócios que na sociedade em geral, talvez um pouquinho acentuado por deformações profissionais e ocupacionais, mas isso ocorre também em outras profissões, como médicos ou militares. Não sou um imbecil, para escrever um livro com a finalidade de fazer esse tipo de denúncia medíocre e cediça, caso da maior parte das denúncias. Se você é padre ou devoto e sente no que escrevi algum esboço de libelo contra a Igreja, então se confirma sua oligofrenia e se justifica minha ofensa em ser encarado como mais um iconoclasta de meia-tigela. Ofensa, não, porque não vou deixar o que venha de você atingir-me, mas exasperação contra a burrice geral, o que me leva a reiterar que leia se quiser; se não quiser, vá pastar com as outras alimárias.

Como disse, contudo, não vou reescrever nada do que já está no papel, nem fazer emendas, cortes ou outras alterações. Apenas não vou prosseguir contando minha vida e peripécias pouco dignas de menção, no seminário maior. Não há nada de notável nelas e talvez lograsse enxergar nelas matéria para escrita apenas de um romancista necessitado de encher papel e espichar para quinhentas páginas o que podia contar em cem ou menos. Não quero afastar-me muito de meu foco e, portanto, faço os ajustes necessários daqui por diante. Chega de seminário, votos, rituais grotescos, vinganças mesquinhas ou monótonas de tão repetidas e fáceis, padres de mau caráter e assim por diante. Não creio nem mesmo que vá falar sobre o farol onde hoje me encontro e que uso para título destas páginas. Na verdade, elas são um diário mesmo, pois me sento aqui todas as tardes, às vezes à noite também, para escrever. E não deixa de ser o diário de um farol, porque o farol, já disse eu no começo do que acabo de reler, conota uma infinitude de imagens e símbolos, dos mais triviais aos mais escondidos no fundo da consciência. Quem quiser traga à tona os seus, se desejar ou puder. Eu já dei o título, é como ficará, está perfeito. É um diário e o diário de um farol, o qual chamo de Lúcifer, como também já disse. É curioso como o Lúcifer da Bíblia aparece apenas em Isaías, enquanto Satanás aparece muitas vezes, até claramente como mais uma das criaturas de Deus, no livro de Jó, onde Deus diz com todas as letras que, como se fala hoje, curte com a cara de quem quiser, como quiser, no que eu acreditaria, se acreditasse em Deus, pois é o único Deus possível para nós. O retrato menos inaceitável de Deus é o do Velho Testamento mesmo, um Deus ciumento, voluntarioso, opiniático, cheio de manias e sujeito a crises nervosas, encurralado pelos outros deuses entre as sarças ardentes e precisando muito mais de Moisés e de seu povo do que Moisés e o povo dele, porque senão os outros o manteriam ali e ele cessaria de ter alguma importância e mesmo existir. No entanto, Lúcifer se projeta muito além do minúsculo espaço que lhe é dedicado, todos já ouviram falar nele. Lúcifer, O Que Traz A Luz. Prometeu. O farol. A cessação de toda a especulação baldada sobre o Bem e o Mal, a noção salvadora de que o Universo é indiferente e nos foi negada a Luz. Claro, claríssimo e, de fato, somente os muito obtusos e destituídos de imaginação não perceberão alguma associação do que se conta aqui com um farol. E a maior parte jamais experimentará o estado de espírito sublimado que me assoma, quando, no alto da torre, ligo os refletores e vejo os fachos retilíneos varrendo poderosamente o mar. Diário do farol — escolha melhor talvez exista, mas não acredito, a essência de tudo isso é por natureza inefável, não pode inteiramente formular-se, não pode ter representação, seja em palavras, seja em imagens. Eu. O farol. Lúcifer. Pronto. Volto satisfeito ao livro, de novo não decepciono a mim mesmo.

Não foi fácil obter a paróquia onde passei grande parte de minha infância e toda a adolescência e que resolvi agora chamar de Praia Grande, mesmo tendo eu substituído durante meses o pároco velho, que morreu de repente e foi enterrado pelos parentes em sua terra, bem longe da cidade — e só como última nota e como que dando uma gorjeta ao leitor que gosta de ler sobre fraquezas e malfeitorias alheias, para melhor aplacar a consciência das suas, conto também, sem necessidade para este relato, mas com a mesma veracidade que lhe ministrei seus últimos sacramentos e lhe ouvi confissão, na qual se revelou espadachim bem mais aplicado do que eu jamais supusera, tal o número de beatas e não tão beatas que lhe passaram pela cama, ou ele pelas delas. Havia mesmo um filho com uma das casadas e uma menina com uma mulher de Mata Velha, povoado perto de Praia Grande. O pároco, afinal, era bem mais interessante do que parecia e deu-me boas informações. Mas, como disse, isto não passa de uma digressão e, para explicá-la e justificá-la perante mim mesmo, esclareço que não resisti — e quem não gostar queixe-se ao bispo, como se dizia antigamente — a minha satisfação em indignar os ingênuos que não sabem o que um espírito engenhoso pode fazer com o que ouve nas confissões. Ninguém aprende mais do que quem dá confissão aplicadamente, sabe interrogar e sabe quem são os mentirosos com facilidade, depois de algum tempo de prática.

Mas não há por que continuar cedendo a esses impulsos que, embora lúdicos, não deixam de ser inconseqüentes e mesmo irresponsáveis. Tenho um compromisso com meu objetivo central e, portanto, deixo de lado as digressões, por mais tentadoras que sejam, e retorno ao cerne. A demora do bispo auxiliar para me fixar na paróquia começou a me deixar quase insuportavelmente ansioso, mesmo porque, sem estar naquela cidade, eu não era nada, não tinha objetivo na vida. No começo, preocupei-me com isso, imaginei-me até levando a sério a carreira sacerdotal para consumo externo e ascendendo na hierarquia. Pensei, aliás, em todo tipo de atividade imaginável, das fazendas e das firmas de meu pai até o exercício de uma profissão liberal, mas não queria nada do que se oferecia, fosse próxima, fosse remotamente. Tive dificuldade em reconhecer essa verdade, mas acabei aceitando-a de bom grado, ao dar-me conta de que era tão boa e tão defensável quanto qualquer outra opção, para não mencionar que nada era minha culpa e eu não era obrigado a dar satisfações íntimas a ninguém. A realidade é que eu não tinha, nem tenho, vocação alguma. Nada jamais me atraiu, desde pequeno, a não ser pelo breve fascínio com os cadetes do ar, que agora me parecia quase inacreditável, de tão tolo. Fazendo um balanço aligeirado, vejo minha vida e meus atos pela reação a alguma coisa — os obstáculos de percurso, mais especificamente. É como se eu sempre tivesse vivido em função de meus obstáculos e, sem eles, minha vida não teria rumo algum que me ocorra. Deixei de questionar-me quanto a isso, assim que examinei minha situação com objetividade: existia algo no mundo que tornasse compulsório ou indispensável ter uma vocação? Positivamente não, trata-se de um mero preconceito. Suspeito que há bem mais gente do que eu, sob este aspecto, do que as pessoas costumam confessar. De qualquer maneira, não valia a pena sopesar o que era de fato um falso problema, porque sempre haveria obstáculos a vencer e eu lutaria contra eles, com a determinação de vencer infalivelmente, sem jamais desistir.

 E que me oferecia a realidade, naquela ocasião? Oferecia a oportunidade, sonhada por tantos, de uma bela paróquia na capital, ou um belo posto no episcopado, ou até uma temporada de duração infinita no Vaticano. Era o que queria o bispo auxiliar, era o que queriam todos os meus superiores e me vi acuado pela resistência deles a me deixar em Praia Grande. O nome de meu pai e meu currículo, tão alentado para tão pouca idade, deixavam-nos sem entender por que eu não queria sair de onde estava, e pintavam quadros radiosos para meu futuro na Igreja, se eu aceitasse qualquer das muitas propostas com que me sufocavam. Eu não tinha vontade de fazer nada daquilo, minha única vontade era ficar perto de Maria Helena, com quem eu tinha contas para acertar, e perto de meu pai, que eu tinha de matar. Afora isso, nada me motivava, nada me dava a razão de viver de que tanto ouvia falar e sobre a qual lia nos livros. Creio mesmo que, se não fosse a importância de meu pai, eles teriam resolvido o assunto sem dar maior atenção a meus apelos.

Mas o que definitivamente me salvou foi uma audiência que tive com o alto clero do episcopado, presidida pelo bispo. Logo à entrada, percebi que já tinham tomado uma decisão que me contrariaria. Eu, porém, havia antecipado essa probabilidade fazia bastante tempo e pus em ação o plano no qual me empenhara a fundo em tornar concretizável, embora relutantemente, porque preferia um recurso mais confiável. Estudei Vieira, estudei Bernardes, estudei a vida de São Jerônimo, estudei sobre os santos mártires, estudei o que me caiu nas mãos a respeito do assunto e, ao final, já tinha um discurso e seu gestual preparados. Durante ele, teria intervalos de gagueira, choro e voz trêmula, mãos entrelaçadas ou erguidas para o céu, citações latinas e, como último golpe, pôr-me-ia de joelhos diante do céu entrevisto pela janela, apelando ao Senhor Deus Pai, Todo-poderoso, para que atendesse às súplicas daquele mais humilde entre os mais humildes de Seus filhos.

Foi o que fiz e hoje penso, não tão ironicamente quanto você possa pensar, que tinha vocação, afinal, mas tão óbvia que não a percebi — e ainda bem que não, porque, exercida como atividade principal, não me teria rendido vida tão prazerosa quanto a que me rendeu em função acessória —, a vocação de ator. Sim, somente hoje percebo que sempre fui um grande ator, como nesse dia em que, as lágrimas me rolando rosto abaixo, falei durante mais de meia hora, tão eloqüentemente que teria sido útil gravar minhas palavras para as Vocações Sacerdotais. Eu precisava servir a Deus com a humildade que não trouxera de berço e que ainda precisava aprender na mais obscura das condições, até mais obscuras do que a pequena Praia Grande, só que nesta eu já tinha raízes, já iniciara meus projetos de evangelização, educação e ação sociais, razão por que a ela me apegava. Suplicava, sim, suplicava que deixassem aquele pecador cumprir a sina que sua purificação impunha, pois cada um deve pesar sua conduta e seus pensamentos no tribunal da consciência, o qual não pode deixar de ser rigoroso; dessem a oportunidade que ele consideraria uma graça, de prestar testemunho de sua fé, de conhecer a tarefa de pastor de almas, pescador de homens, na sua mais modesta condição. Talvez no futuro eu me considerasse pronto para tarefas de maior relevo e responsabilidade, mas por enquanto era somente um homem cuja vida e cuja alma não haviam ainda sido calejadas pelo serviço a Deus junto aos mais necessitados. Atentassem naquilo, eu não lhes pedia um favor, mas uma caridade. Enganavam-se os que, tão generosamente, só viam em mim virtudes. Só eu sabia da fragilidade dessas pobres virtudes, que sobreviviam mercê da fé com que fora abençoado pelo Espírito Santo e do fervor de minhas orações. Precisava fortalecer-me para o combate à soberba e lhes implorava que me concedessem benesse tão essencial para a minha salvação.

 Terminei, como previsto na minha coreografia, ajoelhado diante do céu que se desfraldava à frente do janelão, tão transportado pelas minhas próprias palavras e gestos que me senti quase em transe. Aliás, devo corrigir-me.

Já esperava que, no curso destas linhas, surgissem ocasiões em que, praticamente sem que eu percebesse, distorceria um pouco a verdade, para livrar-me de certos incômodos. Mas não tenho razão por que ter medo desses incômodos e muito menos da lembrança deles. E pretendo, é óbvio, policiá-los, se possível com cem por cento de eficiência. Houve um tempo, ainda que relativamente curto, durante o qual eu me preocupava em excesso com acontecimentos em que a situação, mesmo leve ou insignificantemente, saía do meu controle. Agora, não só compreendo que há uma área sobre a qual é impossível obter controle absoluto, como ela não mais me inquieta. Mas nem por isso devo render-me aos vícios que ela engendra, todos em última análise destrutivos. Agora mesmo, pilhei-me querendo como que maquiar o que de fato senti.

Disse que me senti quase em transe. Disse mal, escamoteei um desses incômodos que na época ainda me eram bastante penosos. Disse mal porque de fato pretendia afetar um transe como grande final, mas, imprevistamente, o transe veio de forma espontânea e eu não tive de fingir. Eu fiquei efetivamente em transe, não igual, porque um nunca foi exatamente igual ao outro, mas bem parecido com os outros que daí em diante sucederam, de tal maneira que acho que nem vou referir-me a eles nas páginas que se seguem a não ser talvez eventualmente, vou tê-los como subjacentes. Basicamente, basta que você saiba, como já sabe, que passei e passo por freqüentes transes, transes que presumo especiais e para designar os quais gostaria de uma palavra melhor, mas não a encontrei. Hoje compreendo que foi nesse dia que pus em questão minha sanidade mental, o que me preocupou marginalmente durante algum tempo, mas foi logo dissipado pela inelutável constatação de que não existe sanidade mental ou normalidade e nós todos somos — é horrível para mim reconhecer isto, pois considero a maior parte dos outros imbecil ou imbecilizada e acho a espécie humana espantosamente atrasada — portadores de tudo o que temos na conta de bom ou ruim nos outros, truísmo já surrado desde a Antiguidade. Tive mesmo um transe, entrei num estado em que parecia não me encontrar neste mundo, mas antes era um espectador, com minha cabeça transbordando de novas imagens e descobertas que eu não tinha tempo para corporificar de todo, mas sabia que estavam se sucedendo em catadupa. Era o primeiro dos meus grandes e sublimes transes, que eu, em outras circunstâncias, poderia morrer sem conhecer, mas a Fortuna não o permitiu, para felicidade minha.

Foi ainda emergindo desse transe surpreendente que me levantaram e, enquanto eu me recuperava aos poucos, cada um falou, com admiração e louvores, na minha humildade e entrega absoluta à Igreja de Deus. Enfim, só faltaram beijar minhas mãos. Grande ator fui e sou e, hoje, porque me conheço, sei que, se não se pode confiar em ninguém como regra geral, isto vale especialmente para atores. Não é à toa que, em muitas culturas e épocas, os atores eram e ainda são obrigados a usar máscaras, é menos indecente, menos temível para as pessoas. E não é por acaso que a palavra "hipócrita" era usada para designar atores. Sim, agora sei que sou excelente ator, como, aliás, a maioria das pessoas, só que numa faixa quase sempre estreita, restrita e até semiconsciente, ao contrário de mim, que, muito próximo do ator profissional, finjo consciente e deliberadamente. A exceção são os transes espontâneos, mas estes nunca me prejudicaram, antes até me realçaram a reputação de quase santidade.

    O plano que me causara tanta ansiedade tivera resultados esplêndidos, afinal. Agora a paróquia de Praia Grande era minha, pelo prazo que eu julgasse suficiente. Compreendiam minha irrepreensível devoção e não podiam senão abençoar-me e desejar êxito a minha missão. Dar-me-iam o tempo de que necessitasse, mas devia procurar não exagerar. Alguns poucos anos seriam suficientes, em relação ao que fiz algumas reservas, não refutadas. Encorajado pelo meu sucesso histriônico e quase em êxtase depois do transe, ousei mais ainda: pedi-lhes que deixassem a meu exclusivo arbítrio a escolha do dia em que deixaria a paróquia. E assim, milagrosamente, foi acordado. Nunca poderia prever, mesmo nos devaneios mais delirantes, que caminhos estavam sendo abertos para mim como que por forças arcanas, a que descobertas iria levar-me minha vontade de acertar contas com Maria Helena e minha obrigação de matar meu pai, que mudanças radicais me atingiriam, que experiências indescritíveis então principiavam a germinar ignotas no futuro. Não posso negar como é emocionante evocar tudo isso e como deverá também ser recordar o que se foi passando depois, um caleidoscópio gigante girando sem cessar e às vezes me doendo nos olhos.

É curioso como, sempre preocupado com o poder, só fui pensar em termos políticos depois de alguma experiência na paróquia. A política, em seu sentido mais amplo, nunca me atraiu, nem atrai, torna-se abstrata e genérica demais, assim que se afasta de minhas preocupações pessoais. Mas teve importância fundamental em minha vida, como meio para obter satisfações que eu nem sabia que viriam a atrair-me perdidamente e tantos novos horizontes para minha sensibilidade e meu saber, meus poderes mais sólidos e intocáveis, enfim. A ditadura militar foi básica para mim, pessoalmente, às vezes parece ter sido implantada comigo em mente. Propiciou uma reviravolta em minha vida que a enriqueceu de forma antes inimaginável, até porque sem ela eu não teria descoberto tanto do que é essencial em mim e é rico no mundo exterior, como pode o prazer ser refinado e restrito a apenas uma necessária minoria, como perde a maioria dos homens por nunca romper com nada realmente importante, a que alturas se consegue subir, explorando as probabilidades até o limite. Chego mesmo a teorizar que a ditadura foi o que me plasmou definitivamente, como homem na plenitude de seu potencial para a vida. Um privilegiado raro é o que fui e, por conseguinte, sou; um privilegiado que, quando recorda essa época dourada, muitas vezes depara um carro de triunfo descomunal, ruidoso, variegado, faiscante, colorido, impossível de ordenar e de possuir outro sentido que não o de uma alegoria de tudo o que ela me acrescentou. Vem-me de roldão, em cenas, em episódios descosidos, em memórias tão completas e fiéis quanto um filme. É como se de repente eu atravessasse uma porta e me visse engolfado por um oceano de lembranças, sensações, revivescências em que não distinguisse realmente nenhuma parte do todo.

Mas isso é somente de quando em quando, geralmente nos transes. Na maior parte do tempo, minha única limitação é a que se estende a todos os aspectos de minha vida. Como já disse, sou um cretino cronográfico, nunca sei a data de nada e tenho dificuldade em determinar se algo aconteceu antes ou depois de outro algo. De, resto, tenho lembranças coerentes e exatas do tudo o que aconteceu nesse período, e devo apresentar a narrativa na ordem que sua natureza impõe e não de acordo com qualquer arcabouço pseudológico, não tenho esse compromisso. Não tenho compromisso nenhum, aliás, a não ser comigo mesmo e com minha mãe, que jamais me desamparou. Mas pensam que eu tenho, porque os levo a me ver assim, porque, para estar perto de Maria Helena, tomei parte ativa em muitos dos projetos com que ela colaborava. Gastando dinheiro e promovendo iniciativas de caridade imediatistas, rapidamente fiz seguidores fanáticos, amigos e compadres em todas as áreas, notadamente as mais pobres. Inscrevi-me oficialmente no grupo de conscientização política e educação que ela formou, colaborando de todas as formas a meu alcance. Não tinha nenhuma posição ideológica, tinha preguiça de pensar no assunto, não tinha nem mesmo antipatia pelos militares, nada disso. Pelo contrário, me entediavam os mexericos, palavras de ordem, segredinhos alarmados e outras práticas cada vez mais comuns. Só pensava em encontrar uma oportunidade de agir em relação a Maria Helena. Não pensava prioritariamente no assassinato de meu pai, não só porque minha mãe me reassegurava regularmente que ele ocorreria de qualquer jeito, como porque eu mesmo tinha a sensação, fundada em quê não sei, mas solidamente fundada, de que a ocasião se ofereceria espontaneamente. E, ao mesmo tempo, isso não significava, de forma alguma, que eu me esquecesse dele. Não me consentia isso nem por um dia sequer, assim como conversar com minha mãe se tornou mais amiudado, a ponto de às vezes eu não poder responder à sua voz, porque ela resolvera por alguma razão, volta e meia, falar-me de dia e em público, o que felizmente durou pouco.

Assim como durou pouco nossa paz, logo depois do golpe. Começaram as investigações, os rumores de prisões, as viagens súbitas de algumas pessoas para locais aludidos tão vagamente que não se sabia ao certo de nada. As entidades de que Maria Helena era militante, notadamente o grupo de conscientização, tinham sido denunciadas diversas vezes e se comentava que, a qualquer momento, se instauraria um ou diversos inquéritos policiais-militares, para investigar as fartas denúncias de subversão, que, naturalmente, não poupavam nem a mim.

Quando avaliei minha situação, vi que minha "opção" pela esquerda me tinha rendido problemas, pois eu não contava com nada além de uns caboclos e umas comadres e inúmeros fazedores de discursos e apresentadores de questões de ordem que nenhum deles sabia o que eram e usava toda vez em que queria falar. Meu poder era ridículo, até mesmo em relação a dinheiro, pois, se meu pai continuava a me dar o equivalente aos vencimentos do juiz, não queria saber de mais nada. Já fazia algum tempo, declarara-se afastado da política, de que tomara asco invencível, e, enfurnado em suas brenhas, deixava que tudo tomasse seu curso conforme quisessem, contanto que não o incomodassem, a ele, suas vacas e suas plantações. Para mim, que de fato não acompanhava política, nada era completamente inteligível e até hoje, de certa forma, não é. E não vem ao caso, do meu ponto de vista.

Antes de sentar-me para escrever este livro, pensei em pesquisar datas, verificar cronografias e coisas assim, mas logo constatei que, para além de inútil, se tratava mesmo de uma armadilha e poderia fazer este texto ter efeitos opostos aos que pretendo. Não quero contar nenhuma parte da História, nego qualquer tentativa de "precisão histórica", assim como devo insistir em que não tenho a mínima intenção de, ainda que indiretamente, fazer nenhuma "denúncia". Isso de fato é parte de nossa História, da qual vivi o meu quinhão e que serve para ilustrar o que quero dizer, mas meu relato não é importante por causa de nossa História, é importante para a compreensão do ser humano como ele realmente é, tão rebuçado e enredado que quase nunca sabe quem de fato é ou como de fato é. A presunção de que desejo fazer denúncias chega a ser insultuosa. Isto é uma atividade menor, de quem busca revide ou notoriedade. A denúncia, que não posso evitar ser enxergada pelas pequenas mentes, estará na cabeça de quem a ler, porque minha intenção jamais foi ou será essa, até porque eu próprio estou envolvido e, creia, você talvez não haja notado, nem venha a notar por si mesmo: tenho, ao longo destas páginas, sem mentir uma só vez, despistado minha identidade e pretendo continuar a despistá-la da mesma forma. Não condeno nada do que fiz e como fiz e, acima de tudo, não devo ser visto como um denunciador, mas um anunciador. E digo mal, quando digo que não condeno o que fiz. Não é que não condene, é precisamente o oposto. Eu exalto o que fiz, vejo-o como a comprovação prática de minha maneira de encarar o mundo e a vida, vejo-o como a via afortunada — de descoberta, prazer, desprezo às idéias alheias quando conflitantes com as minhas, satisfação pessoal, contentamento, alegria de viver — pela qual, sem nenhuma das peias ridículas a que a grande maioria se submete, cheguei o mais perto possível da minha felicidade, pois cada um tem a sua felicidade e a minha seria impossível sem que eu tivesse realmente feito o que fiz, de maneira tal que cheguei à conclusão de que existe sorte mesmo e sou um homem de sorte, mas compreendo que, basicamente, a sorte é feita pelo alicerce que se tem e o caminho que se trilha. Todos, sem exceção dos oligofrênicos e de outra forma incapacitados, têm o potencial para ser felizes. Mas normas e valores arbitrários e absurdos acabam tomando por inteiro sua mente, como uma erva-de-passarinho abafa e mata a árvore que infesta, e ele não pode ser feliz, não se pode ser feliz violentando a si mesmo, como se impõe a todos. Quanto mais ignoro o que para mim é joio histórico, mais faço um retrato eficaz como o que eu quero fazer, uma visão não fotográfica, mas impressionista, não um filme, mas uma sucessão de imagens, como nuvens trocando de contornos com os ventos, nada bem antes ou bem depois, nada de seqüência, quando esta for, como quase sempre é, dispensável e até mesmo causadora de distorções. Impressionismo, é. Espero conseguir, mesmo que não supere certos limites difíceis. Desejo muitíssimo mais narrar a mim mesmo do que qualquer outra coisa, é minha narração verdadeira e vista por mim, um homem — ou ser humano, conforme quer a idiotia feminista — como um outro qualquer, afinal. É, aliás, da mais vital importância para mim lembrar que, queira-se ou não, sou um homem como outro qualquer, para todos os efeitos. Você certamente não pensa assim, por medo dessa identidade, mas não tente tapar o sol com uma peneira: eu sou um homem gerado por um homem, não sou um ser de outro planeta ou mesmo outra espécie, sou um *homo sapiens sapiens* como você. Reino animal, filo cordado, subfilo vertebrado, classe dos mamíferos, ordem dos primatas, família dos hominídeos, gênero *homo*, espécie *sapiens sapiens*, sabedor de que envelhecerá, decairá miseravelmente e, enfim, morrerá, talvez, como tantos, longa e dolorosamente. É sempre bom lembrar isso, não só porque põe friamente as coisas em seus devidos lugares, como porque ajuda a evitar que você utilize um dos inumeráveis mecanismos empregados com essa finalidade através da História, para se convencer de que existem diferenças essenciais entre você e eu. Não existem, somos indivíduos da mesmíssima espécie. Certamente, da mesma forma que você, tenho minhas características especiais, talvez derivadas da própria evolução natural; nunca um ser da mesma espécie é precisamente igual ao outro; a Natureza, através da evolução, está sempre experimentando uma novidadezinha, por mais insignificante que pareça. E sou provavelmente mais inteligente do que você, muito mais livre da baboseira mental e emocional com que nos tiranizam desde que vemos a luz, mas sou um homem, você não pode dizer que não sou e sabe que não é melhor do que eu. Diferente, mas não melhor, a não ser, é claro, se julgado pelos critérios destituídos de senso e razão de ser aos quais costumeiramente se recorre. Às vezes, vem-me um certo cansaço em tentar expor o óbvio a uma platéia basicamente burrificada, que, entre outros atrasos inomináveis, acredita mobilizar atos controladores, do cosmo à vizinhança, pela prática e repetição de gestos e palavras cabalísticas e pela observação de preceitos disparatados, que envolvem desde a comida até o que se põe sobre o corpo. Eu não; eu dei um passo à frente, dei vários passos à frente, estou na frente e no topo. E, se você não está, é por covardia, estupidez, preconceito, ignorância e superstição. E, provavelmente, não sairá disso, mesmo tendo conhecimento de vidas efetivamente vitoriosas, como a minha. A vida é vitoriosa não quando se tem o que se costuma ver como bênçãos, ou seja, beleza, dinheiro, honrarias e assim por diante. Essas coisas podem perfeitamente conviver e até entrar em simbiose com a mais completa infelicidade. Elas não representam uma vitória, por mais que seus detentores e os que erroneamente os invejam queiram pensar assim. A vida é vitoriosa quando se satisfaz o que de fato há em cada um de nós, aquilo que de fato ansiamos e quase nunca nos permitem, nem nos permitimos, reconhecer. Preencher essa satisfação é uma tarefa cumulativa, em que a preparação é, por assim dizer, permanente.

E eu estava preparado o suficiente para resolver como agir sem dilemas inúteis ou falsos, sem esquecer as lições anteriores e sem criar obstáculos para mim mesmo, em relação à situação criada nos meses que se seguiram ao golpe. Minha saída da paróquia de Praia Grande pareceu repentina a todos, mas não foi. Eu já a esquematizava, embora um pouco displicentemente, desde as primeiras mudanças e apenas procurava equacionar como conciliaria minha ausência com a necessidade de receber notícias de meu pai e de Maria Helena. Ali eu não podia ficar, porque — e isto se tornava mais claro a cada dia — nossas atividades eram denunciadas como subversivas pelos invejosos e pelos que, através desse e de outros recursos, queriam aproximar-se do poder. Mas também não podia sair, porque assim perderia contato com meus objetivos únicos na vida, que por enquanto só envolviam meu pai e Maria Helena.

Mesmo a um homem como eu, que treinou para desvencilhar-se de condicionamentos e sugestões que impedem outros de ver claramente a realidade, esses condicionamentos às vezes atrapalham. Estava tudo diante de mim e eu não percebia nada, não conseguia concatenar duas idéias, até que, numa noite de exasperação em que até minha mãe demorou a vir conversar comigo, o que nunca acontecia quando algo me afligia, verifiquei com alarme que estava começando a querer o que jamais me permitia ou permito querer, ou seja, a ajuda de alguém. Que ajuda? Não existe ajuda desinteressada ou sem preço e quem pede ajuda, mesmo que não a receba, abre um flanco às vezes irremediável, que pode arrastá-lo a uma derrota inesperada e definitiva. Isto me levou a levantar-me no meio da noite, os olhos sem querer fechar-se para que eu ao menos tentasse dormir. Não, ajuda nenhuma, extirpar essa idéia descabida de minha cabeça embaralhada. Mas que fazer, que fazer?

— Filho, para mim ainda és uma criança, apesar de tua grande maturidade — disse repentinamente a voz de minha mãe, pelo meio da brisa que se esgueirava pelas treliças. Sim, minha mãe não me falhara, ali estava sua presença etérea mas tão vívida, sua voz tão meiga mas tão decidida, uma voz de quem já tinha visto muito mais do que eu e só podia ser uma fonte de sabedoria e amor. Dessa feita, talvez para espicaçar-me o brio abatido, me fez muitas perguntas, que acabaram por levar-me, como se o caminho estivesse sendo aberto por minhas próprias mãos, de volta à tranqüilidade a que me habituara. Ela me fez chegar a observações simples, tais como a de que aquela situação trazia e ainda traria proveitos para muitos e tolo seria eu, se também não me aproveitasse. Pensasse bem, que diferença havia entre um lado e outro? Em ambos existia gente honesta, em ambos existiam canalhas e, além de tudo, tudo aquilo era episódico, nada tinha tanta importância quanto parecia ter. Quem continuava a ter importância era eu e eram meus projetos. A eliminação de meu pai e o acerto de contas com Maria Helena eram tudo em que devia pensar agora e tudo o que devia nortear minhas ações. Se eu meditasse bem no que iria fazer, acabaria achando uma solução. Mas sempre procurasse ver que não poderia ser ingênuo ou até estúpido. Se de um lado estavam as vantagens e do outro as desvantagens, que razões de real importância podiam existir para eu não unir-me ao lado vencedor? Sim, claro que sabia que eu não poderia expor-me como beneficiário do poder, porque perderia qualquer possibilidade de ação junto a Maria Helena. Mas não é preciso que te exponhas, disse ela, isto é o pressuposto de um fraco, e tu não és um fraco. Pensa bem, pensa bem, vê tudo em volta e chegarás à solução, ela virá a ti, se tu fizeres por onde.

 A conclusão era inescapável. O que minha mãe praticamente me apontava com todas as letras era me associar ao regime de forma secreta. Sim, por que não? As objeções que você chamaria de éticas não me diziam, nem dizem, respeito, preserve suas superstições tanto quanto queira, pior para você. A palavra "trair" para mim tem um sentido arbitrário. Todo mundo trai, para começar, embora em níveis diversos e de acordo com as circunstâncias e a ótica do observador. Segundo, só pode ser traído quem confia e quem confia devia saber que confia sob o risco inevitável de ser traído. Se se necessita confiar alguma coisa a alguém, há que haver um fiador, na forma de alguma coisa contra ele, que ele saiba que você não titubeará em fazer, se ele o trair. Minha mãe teve o mérito de açular esse meu fogo arrefecido pela aparente falta de perspectivas. Claro, eu não podia ainda saber que horizontes esplêndidos se abririam para mim com essa decisão, mas já algo nela, não sei se por influência de minha mãe, me insinuava experiências fascinantes, um universo novo se abrindo, cujas imagens eu nunca conseguia fixar, mas, ao tomarem minha mente, me traziam um prazer indescritível, somente superável, aprenderia eu mais tarde, por um transe.

O problema com os planos que eu engendrava era que, em todos eles, havia excessiva margem de fatores fora de meu controle. Tinham certamente a probabilidade de dar certo, mas a possibilidade de o acaso ou o imprevisível ocorrerem me era difícil de suportar. Contudo, o tempo ia se passando e dei a mim mesmo mais quatro dias de prazo. Na segunda-feira decidiria o curso de ação a tomar de qualquer forma, contrariando com resistência meu modo costumeiro de agir. Mas a lógica dos acontecimentos me surpreendeu, na minha opinião por falta de atenção e ação analítica de minha parte, isto porque era perfeitamente fatível predizer esses acontecimentos. Claro, era o que estava acontecendo em toda parte — e por que não aconteceria em Praia Grande?

A notícia me foi dada no momento em que eu me levantava da escrivaninha, para ir comprar uns envelopes que usaria nas cartas que na ocasião faziam parte de meus planos. Podia mandar alguém e o dono do bazar talvez até estranhasse minha presença para fazer uma comprinha, mas queria sair. Ainda não estava inteiramente convencido sobre a sabedoria do curso de ação que finalmente decidira tomar, era como se esperasse que aspirar o ar da rua me trouxesse alguma rota antes insuspeitada, uma solução, que tinha de existir, menos dependente do acaso. Mas, mal pus os pés fora de casa, encontrei uma movimentação inusitada na rua, grupinhos discutindo aos cochichos, outros, aos berros, seguidos de silêncios carregados à minha aproximação. Passei pelo primeiro grupo, que respondeu a meus cumprimentos com uma intrigante atmosfera cerimoniosa, como se eu fosse um dignitário forasteiro, ou um ser de outro mundo. Parei um pouco adiante, mirei em torno, quase todos estavam me olhando fixamente e quem não estava desviava ostensivamente a vista. Evidentemente circulava uma novidade que me envolvia, algo que até então eu ignorava e ninguém parecia disposto a tomar a iniciativa de me contar. Não fosse por isso; eu perguntaria.

Resolvi então dirigir-me ao grupo que se encontrava na esquina do larguinho da Égua, onde já vislumbrava muitos conhecidos. Mas no caminho dei de cara com Humberto Marinheiro, que se considerava, com a minha colaboração consciente, um dos melhores amigos meus. Sujeito culto e informado, oficial aposentado da marinha mercante e muito viajado, era, apesar de beberrão, uma conversa agradável, que de vez em quando me aliviava do baixo nível da maior parte dos paroquianos. Tinha idéias progressistas, que nesse tempo eram consideradas muito subversivas, e não fazia segredo delas, principalmente quando encachaçado. E, como meu melhor amigo quase oficial, era a pessoa ideal para ser indagada, em vez do grupo, em que certamente haveria reticências, meias-verdades ou sei lá o quê. Encarei-o, percebi que estava meio chumbado, mas capaz de manter uma conversa coerente, como quase sempre. Mudou de expressão imediatamente e marchou direto para mim, virando o pescoço para os lados e para trás, como se quisesse certificar-se de que ninguém o seguia de perto.

— Eu estava indo à sua casa — disse ele. — Acho que você não devia estar aqui, devia estar em casa, aguardando os acontecimentos.

— Mas que acontecimentos, que é que houve, por que está todo mundo com esse jeito esquisito?

— Eu ia em sua casa para lhe falar, porque esses sacanas são todos uns merdas, tudo com medo de milico, polícia federal, DOPS, essas bostas que não servem para nada e agora são donas do mundo.

— Cuidado, Beto, está todo mundo prestando atenção em nós dois.

— Por mim eles podem ir se foder, não tenho nada a perder. Sou um homem de esquerda, sim, todo mundo sabe disso, vão à porra, vão às putas que os pariram.

— Mas, afinal, o que é que houve? Depois você xinga quem você quiser, mas primeiro me conte o que é que houve.

— O que houve foi que finalmente se lembraram de Praia Grande. Eu já estava até preocupado, com eles prendendo todo mundo em toda parte e, aqui, tudo nessa pasmaceira. Será que ninguém nesta terra gloriosa merecia pelo menos um inquérito? Nada de corruptos, nada de subversivos, zero à esquerda? Chegava a ser humilhante. A que ponto chegou Praia Grande, terra — como é que dizia o coronel Camilo? — das maiores tradições heróicas, terra que já viu fortunas, terra que já viu um luxo asiático, enfim, a grande Praia Grande até hoje estava sendo solenemente ignorada pelas "otoridades". E continuaria, se algum dedo-duro não tivesse ido à capital — alguns, não; uma porrada, que esses sacanas nunca valeram nada, bons filhos-da-puta —, se os dedos-duros não tivessem ido lá para denunciar quem eles não gostam e puxar o saco da milicada, eu conheço esse povo. E também com toda a certeza devem ter mandado um porrilhão de cartas anônimas. Mas temos que reconhecer que, do ponto de vista histórico, a cidade deve muito a esses dedos-duros, porque, se não fossem eles, nós continuaríamos aqui, pegando mofo, como sempre. Eles salvaguardaram nossa reputação. Sim, não deixa de ser uma bela idéia, uma estátua na praça, o Monumento ao Dedo-duro Desconhecido, homenagem penhorada dos cidadãos praia-grandenses.

— Que é que você quer dizer, estão fazendo alguma operação aqui?

— Estão, estão. Muito bem dito, uma operação. Uma encefalotomia, talvez, existe isso? É, estão prendendo algumas das pessoas que pensam, nesta metrópole. Só para averiguações, é claro. Eles só prendem para averiguações. Averiguações provavelmente debaixo de porrada, mas averiguações.

— Eles já prenderam alguém mesmo?

— Prenderam. Claro que prenderam. Que é que você acha? O nosso FBI é ótimo e as nossas Forças Armadas ainda melhores. Você nunca prestou atenção às advertências à Nação que os generais fazem? Pois devia prestar, eles salvam a pátria e ainda nos ensinam o caminho da salvação. Prenderam aquele pessoal amigo seu todo, inclusive Pedrão, Jefferson, Antônio Soledade, Fabinho, Matilde, Maria Helena...

— Prenderam Maria Helena também? Mas uma menina de família, tão educada, tão católica, tão séria... Você tem certeza?

— Absoluta. E, se eu fosse você, ia em casa, botava umas cuequinhas limpas na mala, escova de dentes... Até eu vou me preparar, porque, se um filho-da-puta desses me dedar e vierem me interrogar, eu vou dizer tudo o que penso, não quero nem saber, tem que ter uns dois machos neste país, eu quero que eles se fodam, não estou ligando para filho da... E, aliás, falai no mal, aprontai o pau, eis que devem estar chegando notícias das hostilidades, novidades do front. Terão vencido os persas ou os gregos? Lá vem o seu Feidipides e para mim está com cara de que deu persa na cabeça.

Apontou o queixo para trás de mim, lá dos lados da Matriz vinha correndo Libório, filho de Enedina, cozinheira da casa paroquial, menino de seus doze anos, que fazia serviços miúdos e levava recados. Só podia ser uma mensagem muito urgente, porque Libório corria como se algum diabo o perseguisse. E, enquanto isso, eu tentava arrumar na minha cabeça as informações que me tinham chegado como uma avalanche. Maria Helena presa, seu marido preso, tudo mudara de repente, agora mesmo era que eu não sabia o que fazer, nem mesmo se teria tempo de fazer ou sequer pensar em alguma coisa. O menino vinha trazer a notícia de que também iam prender-me? Como ficaria eu agora, depois de ter sido suficientemente burro e imprudente para não prever que aquilo ia acontecer, mais cedo ou mais tarde? Afogueado e ofegante, Libório parou perto de mim, fez menção de falar, mas parou depois de olhar para Beto, que deu um pulo de medo fingido para trás.

— Vissantíssima, vão me prender também?

— Pode falar — disse eu ao menino. — Você sabe que dr. Humberto é de confiança.

— Não, também não exagere. Mas pode falar, meu filho.

Libório então contou, sem saber repetir direito algumas das palavras que lhe tinham dito, que estavam na casa paroquial dois senhores de paletó e gravata, muito sérios, um dos quais se chamava coronel Siqueira e o outro era da Polícia Federal. Chegaram logo depois da minha saída e agora me esperavam, precisavam falar comigo com urgência. Tinham vindo num carro preto e com mais dois homens, que ficaram de fora, deixando entrever que carregavam revólveres debaixo dos paletós. Revólveres como no cinema, disse Libório — em quem era que eles tinham vindo atirar?

— Eu vou com você — disse Beto, levantando o chapéu para ajeitar o cabelo. — Eu não vou deixar esses caras intimidarem você.

— Não vai nada, vai ficar aí mesmo. Deixe que eu cuido disso por mim mesmo.

— Você está maluco? E se esses caras resolverem levar você em cana?

— Não seria você quem iria impedir. Pelo contrário, talvez resolvessem levar você também. Deixe de ser bobo, vá por mim, só ia piorar as coisas. Vamos ser sinceros, só o seu bafo já iria deixar os homens de pé atrás.

Beto continuou a insistir e chegou a começar a acompanhar-nos de volta à casa paroquial, mas consegui dissuadi-lo, depois de um apelo solene. Os dois homens armados a que Libório se referira estavam encostados no carro, à sombra do casario, mas como que se perfilaram ao ver-me, ajeitaram os paletós e, à minha chegada à porta, me cumprimentaram com a cabeça e responderam ao boa-noite amável que lhes dei, enquanto eu entrava e Libório permanecia no batente, certamente na esperança de ver os revólveres outra vez. Entrei e encontrei Enedina no corredorzinho entre a porta da rua e o interior da casa, muito nervosa, torcendo as mãos e com a cara aflita, olhando-me como se eu estivesse marchando para o cadafalso. Disse que já tinha dado cafezinho e água aos doutores, mas estava aflita, eles eram muito carrancudos e a mandaram embora, quando ela começou a fazer umas perguntas. Será que eu não queria chamar o delegado, para me garantir? Não, Enedina, não quero chamar o delegado — e, afastando-a da minha frente, fui diretamente para minha sala, onde os dois certamente estariam.

Quando me lembro agora dessa ocasião, vejo como é curioso que não tenha sentido qualquer receio de encontrá-los. Permaneci numa calma quase glacial, mesmo depois do turbilhão que causaram em minha cabeça as notícias dadas por Beto. E, pensando bem, não deixou de ser um dos melhores momentos da minha vida. Melhor objetivamente, porque, embora eu não soubesse naquela ocasião, estava começando minha nova vida. E melhor subjetivamente, porque de fato dei prova, a mim e a minha mãe, de meu talento e minha velocidade de raciocínio, pois creio hoje que já tinha tudo esquematizado inconscientemente, ao chegar à casa paroquial naquele instante, tamanha a velocidade com que agi e compreendi como a situação podia render-me amplíssimo proveito, muito mais proveito do que eu jamais imaginara. Com Maria Helena presa na capital, minha mudança para lá me manteria perto dela. Para saber de meu pai com freqüência, escreveria a Josias Tavares, o procurador em Pedra do Sal, através do rábula Afonso Pontes, que cuidava dos negócios de Josias em Praia Grande. Escreveria a carta mais hipócrita do mundo, em que a ênfase seria dada a meu amor filial e à necessidade, que esse amor impunha, de receber notícias freqüentes de meu pai. Como se trataria de uma carta levada por portador, mandaria a cortesia que eu não fechasse ou lacrasse o envelope. Isto, claro, significava que Afonso Pontes a leria antes de entregá-la, o que era precisamente o que eu desejava, porque isso reforçaria ainda mais inabalavelmente minha reputação de filho exemplar de um pai atrabiliário e esquisitão, que agora nem saía mais de suas brenhas, mandando chamar o mesmo Afonso Pontes à fazenda, quando queria resolver algum negócio em Praia Grande ou Pedra do Sal. Diferentemente das soluções que me tinham ocorrido antes, esta me mantinha praticamente em contato com ambas as pessoas que me ocupavam e não provocaria suspeitas de envolvimento com Maria Helena, pois todos achariam natural que, depois de sua prisão e das visitas que estava recebendo, eu também tomasse minhas cautelas e me afastasse da paróquia. Eu podia até mesmo dar a entender — e não estaria mentindo muito — que meus visitantes me haviam determinado esse ato, embora, como era muito freqüente na época, eu nunca pudesse admiti-lo expressamente. Enfim, estava tudo ali, diante de minha mente privilegiada, graças ao auxílio inestimável de minha mãe e a meu genial — usando este termo na acepção antiga e não no sentido banal que lhe é dado hoje —, meu incalculavelmente genial talento histriônico. Meu destino era meu e pensar nele me trazia aos olhos uma claridade ofuscante. Era um grande primeiro passo, que demonstrava mais uma vez que a sabedoria de minha mãe me infundia uma confiança cada vez mais sólida.

— Bom dia, senhores — disse eu, enquanto eles se levantavam e nos apertávamos as mãos. — Lamento se os deixei esperando, mas não aguardava a visita dos senhores. Sejam bem-vindos, estejam à vontade.

O coronel Siqueira era um homem muito gentil, com a voz afetada como a de certos locutores de rádio, numa dicção que rolava caprichadamente os erres. O outro era o agente Moisés, da Polícia Federal, pois se tratava de uma operação conjunta, embora sob o comando do coronel. O agente praticamente só falou para me cumprimentar e apresentar-se. Logo ficou óbvio que o coronel, que vencia precariamente e a muito custo o tique de esticar periodicamente o pescoço como se o colarinho lhe estivesse prendendo uma verruga ou lhe espetando a pele, era o único responsável pelas decisões ali e o agente preenchia alguma necessidade incompreensível para mim. Talvez fosse até uma espécie de missão de treinamento para o agente, porque o coronel olhava para ele volta e meia, enquanto falava, como quem dizia "é assim que se faz", ou passava conhecimento a um aprendiz.

— Muito bem, reverendo, sou um homem sem rebuços — falou o coronel, depois de referir-se, como quem ensaiara algum preâmbulo, à beleza natural da cidade e às visitas anteriores que lhe fizera, havia muitos anos, ao que agradeci, meio sem saber como responder, já que o assunto da visita obviamente não era o turismo e ele, em conseqüência, estava usando rebuços e mostrando como se sentia um falante admirável. — Vamos ao que nos traz aqui, nesta visita que é uma natural deferência para com um homem do clero tão jovem ainda e já tão respeitado. Não há a hipótese de o sistema desejar quaisquer conflitos com a Igreja ou seus representantes, do Sumo Pontífice ao mais humilde irmão leigo. Muito pelo contrário. De certa forma, afirmar pode-se que o combate ao ateísmo e o anticlericalismo é uma das bandeiras por que se norteia o movimento revolucionário, que, como o nome deixa patente, é efetivamente uma revolução, veio para romper com um passado de subversão de todos os valores básicos da civilização ocidental, veio para restaurar o orgulho do nosso povo e a nossa verdadeira vocação histórica de grande potência. Há muitos equívocos na maneira com que nos ensinam as lições da História, na verdade nô-las sonegando. Negar não houvera como Hitler, apesar de monstruoso e autor de erros crassos, era um gênio. E não se pode igualmente negar que a derrocada do nacional-socialismo como ideologia se deu com as distorções e os desvarios de seu lamentavelmente desequilibrado líder. Porque claro que não somos nazistas, mas somos nacional-socialistas, não acha o senhor?

Pensei que era uma pergunta retórica e não a respondi. Mas ele voltou a falar.

— O senhor quer que eu lhe prove como é nacional-socialista? É muito simples. O senhor é um nacionalista, não é?

— Sim, claro que sou. Nacionalista, claro. Todo bom brasileiro é nacionalista.

— Claro. E suas idéias podem ser genericamente qualificadas de socialistas, não podem?

— Bem...

— Evidentemente que podem. Não há pessoa sensata que não pense assim. Se se for ver bem, todas as pessoas que querem o bem da Pátria e do semelhante são socialistas. Eu mesmo sou socialista.

— Ah, neste sentido...

— E não há outro sentido! Na China e na União Soviética não há socialismo, o que há é uma ditadura de direita! De direita, veja bem, nem mesmo de esquerda é! Eu tenho certeza de que o senhor concorda com isso, é um homem culto, bem-informado e é um homem de Deus, que jamais poderia coadunar-se com sentimentos ateus e anticristãos. Quer ver como eu coloco as coisas com mais precisão? E em pouquíssimas palavras?

— Por favor.

— O socialismo sueco! Este, sim, é um exemplo para todas as nações. Mas não podemos ter aqui um socialismo sueco, porque ainda não fizemos a revolução nacionalista, ainda estamos no comecinho, nos primórdios!

— Percebo, percebo, muito bem colocado.

— É óbvio! Só não vê quem não quer! Agora o senhor vê como eu tinha razão. Podemos ter nossas diferenças, pode não haver consenso em certas áreas, mas somos todos nacional-socialistas.

— É, o senhor expressa as coisas com tanta cultura, tanta eloqüência, que deixa o interlocutor imediatamente convicto de seus pontos de vista. Muito bem pensado, nunca tinha me ocorrido. Nacional-socialismo, sim, nacional-socialismo.

— Nacional-socialismo! E digo-lhe mais...

Ouvi, sem fazer mais nada além de assentir com a cabeça de quando em quando, toda a conferência que me fez o coronel, durante a qual citou Diógenes, Plutarco, Suetônio, Paracelso, Gandhi, Napoleão, Talleyrand, Henry Ford, Norman Vincent Peale, Dale Carnegie, o Sermão da Montanha, o Hino Nacional e outros, que não valem o trabalho de citar, até porque os citados já dão idéia do, digamos, ecletismo cultural do coronel, que também se orgulhava dele. Fui fazendo as anotações mentais cabíveis: vaidoso, pernóstico, metido a erudito e, portanto, presa fácil, era só elogiar no ponto certo e com entusiasmo a custo contido — o que, aliás, eu já começara a pôr em prática instintivamente. No fim da conferência, o coronel quase se pavoneou na cadeira, exibindo a satisfação consigo mesmo, que nele convivia com a necessidade de ser aplaudido, o que lhe prodigalizei magistralmente, desde a fala tartamuda e deslumbrada que afetei, ao aperto de mão com que terminei meus comentários encantados.

Mais um toque de intuição, ousadia e gênio. Sem nem pensar se poderia estar cometendo alguma impropriedade, naqueles tempos em que se produziam boatos em ritmo industrial, ninguém sabia nada ao certo e havia sempre medo no ar, elogiei mais uma vez o coronel e, levantando-me nervoso e trêmulo, enxugando o rosto no lenço, embora o dia estivesse fresco, perguntei-lhe quase arfante se seria possível mantermos uma conversa a sós. Sabia perfeitamente que o agente Moisés era uma autoridade acompanhando o coronel, mas suas palavras tinham tido tal efeito estonteante sobre mim — afinal, apesar da exagerada fama de estudioso, apenas um inexperiente e certamente ingênuo jovem pároco do interior — que eu lhe fazia um apelo. Era mais do que um pedido a uma autoridade, bem mais do que isso. Era o pedido de um homem que de repente compreendera quão desarmada e inocentemente agia em sua vida e necessitava de orientação. Sim, isso; orientação. Claro que o coronel não tinha a menor obrigação de me atender, pedia-lhe desculpas com antecedência, se estivesse causando algum inconveniente. Mas não via nele o militar estereotipado de que sempre lhe falavam, radical, de pouca cultura e apegado a dogmas intocáveis. Via precisamente o contrário. Um espírito, sim, seguramente forjado pela disciplina e o estoicismo da caserna, mas um espírito aberto, livre, culto, bem-informado e sobretudo um altruísta, um que pensava nos outros antes de pensar em si, um que sabia articular e defender os interesses mais vitais do povo brasileiro e que, portanto, não se negaria a estender a mão a quem, como eu, lhe pedia ajuda. Que me desculpasse o dr. Moisés, nada tinha de pessoal contra ele, antes pelo contrário, mas era que se tratava de experiência tão importante e marcante que eu tinha — como diria? —, diria mesmo um certo recato, uma certa vergonha juvenil em receber aquela orientação na presença de terceiros. Sentia que teria uma conversa definidora de meu futuro, uma conversa como só se tem uma vez na vida e alguns nem isso — uma conversa, sob certos aspectos, com um irmão mais velho.

Um pouco diferentemente do que eu antecipara, o agente Moisés, que tinha deixado transparecer um contentamento circunspecto pela condição de doutor que eu lhe emprestara, levantou-se e falou antes do coronel. Com a licença do coronel, gostaria de ter permissão para oferecer um comentário ou, mais do que isso, uma sugestão. Conhecia suficientemente bem a generosidade que os trajes marciais do coronel encobriam e sabia que ele diria sim ao pedido do jovem padre. Portanto, gostaria de deixar-nos à vontade para nossa conversa e, se o coronel não se opusesse, sairia imediatamente, esperaria lá fora quanto tempo fosse necessário, talvez até espairecesse um pouco pela agradável cidadezinha que antes só conhecia de nome. O coronel deu um "muito obrigado" falsamente modesto, quando ouviu a referência à sua generosidade, e acedeu. Não se sentia melhor que ninguém e um dos princípios que norteavam sua conduta pessoal e profissional era a humildade, virtude que, pondo a modéstia de lado, não lhe faltava. O agente tinha razão, um pedido daqueles era irrecusável, era mesmo um dever, um dever que cumpriria com prazer e, agora que estávamos sozinhos, eu e ele, queria primeiro dizer-me algumas coisas sobre o que significava aquele grupo de pessoas com quem eu colaborava. Colaborava inocentemente, ele tinha certeza, porque conhecia a família de meu pai de longa data, ancestrais nossos tinham sido amigos e da minha família não iria sair um comunista apátrida e fratricida. Aliás, se esse pormenor não fosse conhecido dos serviços de investigação e se ele próprio não fosse testemunha, ainda que longínqua, de minha linhagem e minha formação, eu poderia estar envolvido em sérias complicações, como os outros, agora detidos para investigações e quase todos comprometidos até o pescoço.

Quando, a conversa interrompida apenas por cafezinhos, biscoitos e refresco de cajá trazidos a meu pedido por uma Enedina ainda sobressaltada, olhei para o grande relógio de pêndulo, vi que já estávamos ali fazia mais de três horas. Descobrimo-nos ambos genuinamente surpresos pela rapidez com que o tempo parecia haver passado, só que ele pensava que era pelas mesmas razões e eu sabia que não era. Achava ele que, através do brilhantismo de sua exposição, as jóias de sua erudição e os tortuosos volteios sintáticos que de vez em quando o acometiam como uma espécie de crise de asma ao contrário, me havia mostrado o caminho do bem, ao mesmo tempo me convertendo. E sabia eu que não estava dando a mínima importância a nada do que ele falava do interesse nacional, das ideologias exóticas, dos inocentes úteis e mais tantas outras considerações para mim grotescas e somente necessárias por uma questão de eu não querer levantar suspeita alguma sobre meu súbito abrir de olhos para a Verdade, guiado pelo carisma daquele orador. Ele acreditava que me conquistara para o seu lado; eu sabia que o tinha usado para fazer precisamente o que pretendia, só que com muito maior facilidade do que a esperada anteriormente. Não tive trabalho algum em aderir ao regime sem a mais breve hesitação. Com a garganta estreitada e os olhos úmidos, agradeci repetidamente ao coronel me haver mostrado a realidade e me livrado a tempo de uma armadilha mortal, não só para meu corpo como para meu espírito. E agradeci também a Deus, por me ter mandado a graça daquela visita tão oportuna. Agora, não só para expiar minha culpa diante de meu foro íntimo, redimir-me da trilha infame e anticristã que começara a pisar, eu queria, sim, colaborar com a Revolução. Não teria, quiçá, muitos préstimos, mas queria colaborar, sentia agora necessidade de realmente fazer alguma coisa pelo povo, em vez de apenas pensar que estava fazendo algo, como antes, quando era exatamente o contrário. O coronel não podia negar-me aquela oportunidade, ele me abrira a porta, agora teria de guiar pelo menos meus primeiros passos. Eu já estava mesmo sendo pressionado pela hierarquia da Igreja para mudar-me para um posto na arquidiocese da capital, as coisas se combinavam magnificamente, era só uma questão de oportunidade, eu precisava de uma oportunidade para também servir àquela causa sublime, cujo alcance, por minha inexperiência e — por que não dizer? — ingenuidade, somente depois de sua fala eu percebera.

Ele se comoveu, pôs a mão em meu ombro e respondeu que eu podia não acreditar, mas ele pressentira, pressentira claramente que aquela seria a minha reação, chegara a comentar esse pressentimento com o agente Moisés. E de fato eu podia ajudar a causa revolucionária, podia ajudar muito mais do que pensava. Mas não precipitássemos agora as coisas, ele tinha alguns planos incipientes, que não passavam de esboços e projetos sem detalhes, razão por que não os revelava prontamente. Sim, minha idéia de transferir-me para a capital era muito boa, lá poderíamos delinear um programa através do qual eu passaria a trabalhar no serviço de informações de que ele era uma das peças mais atuantes. Oficialmente, eu mudaria de paróquia por medo, no que seria compreendido por todos, de vir a ser denunciado por algum de meus ex-companheiros e ter o mesmo destino que eles. Mas a verdadeira razão, enfatizou ele, era que eu ia poder prestar a meu país e minha fé serviços inestimáveis, eu era um patriota verdadeiro e um sacerdote resoluto, o país não esqueceria meus serviços e um dia os proclamaria, com toda a certeza — eu tinha a vocação de herói.

Isso realçou a ironia deliciosa da situação porque parecia que o que eu mais queria me era imposto pelos acontecimentos e não o contrário, como de fato ocorria. Eu queria chegar e chegaria perto de Maria Helena — e da forma mais conveniente para mim, haveria tempo para pensar em tudo, haveria tempo! —, era precisamente o que eu queria e pensava ser tão difícil. Agora caíra no meu colo, graças à rapidez — não posso deixar de expressar admiração por mim mesmo, não há por que não — com que consegui analisar toda a conjuntura num só relance e fazer tudo absolutamente certo, realmente um feito de gênio. Nas mãos de um outro, a oportunidade passaria despercebida e, mesmo que percebida, provavelmente não seria aproveitada, ao menos com tal eficácia. Como precaução, porque ainda não se tinha decidido que tipo de papel eu desempenharia no serviço de informações, a versão que eu veicularia de meu encontro com o coronel seria a de que eu recebera uma séria advertência das autoridades e me fora claramente insinuado que seria mais prudente buscar uma nova paróquia. Era fundamental que eu me mantivesse insuspeito diante de meus amigos presos e da paróquia em geral, e falasse o menos possível. Somente depois da definição clara de minhas funções e de meu *modus operandi*, era que traçaríamos meu primeiro plano de ação, minha primeira missão, por assim dizer.

    A facilidade e o êxito com que manobrei tudo em meu favor às vezes me fazem não dar a devida importância a meus méritos, nessa e noutras situações. Mas não me devo permitir essa fraqueza e esse vício hipócrita, gerado pela inveja e pela esperteza, o vício da modéstia mal-assimilada e mesmo sufocante, que tem que ser reprimido — reprimido, não; esmagado, pulverizado, aniquilado. Além disso, não reconhecer meus méritos e creditar tudo ao destino e às circunstâncias seria o meu fim em pouco tempo, porque baixaria a guarda e me permitiria facilidades que nunca me permiti. Não, eu de novo agira como um enxadrista brilhante, um jogador de pôquer imbatível, eu era um estrategista e um combatente de primeira ordem. Logo estaria de viagem para a diocese e de lá para a arquidiocese, na capital. Logo meu viver se expandiria de tal forma que não posso deixar de me considerar um privilegiado, e pelos meus próprios méritos, sem falar na ajuda invencível de minha mãe. Eu não tinha consciência, mas em breve, num carrossel inefável, minha sensibilidade exibiria suas faces mais sinceras e prazerosas e minha existência se tornaria muito mais plena do que você pode adivinhar.

    O coronel me pediu um pedaço de papel, onde rabiscou o número de um telefone que o ligaria diretamente com ele. Eu devia esperar que ele me chamasse, mas, em caso de extrema e insuperável necessidade, poderia falar com ele através daquele número, dizendo simplesmente que era Eusébio. Ele então responderia que me retornaria a chamada depois e providenciaria um jeito de nos encontrarmos.

— Eusébio? — disse eu, sorrindo, enquanto ele se despedia, apertando minha mão e meu ombro. — Eusébio com zê ou com esse?

— Com esse — respondeu ele sem sorrir de volta e saindo depois de uma espécie de continência meio vaga.

O bispo me olhou benevolamente, como quem contempla um filho com orgulho. Agora, quando escrevo isto, seu rosto se funde com o do coronel em minha lembrança, são dois momentos que sempre recordo com vividez, talvez porque tenha sido então que compreendi como tinha o dom de despertar afeto paternal — logo eu, com um pai como o meu. Haverá explicações científicas ou, mais bem provavelmente, explicações pseudocientíficas, mas elas, para mim, não vêm absolutamente ao caso. O fato é que alguma coisa em meu comportamento, minha maneira de agir e falar, algo em minha aparência, trazia aos homens mais velhos uma espécie de carinho protetor em relação a mim, carinho paternal mesmo. O mesmo fenômeno, de certa maneira, ocorria com as mulheres mais velhas, mas não de forma tão notável, talvez porque minha mãe já seja uma presença tão intensa que de algum modo eu não transmito a elas a mesma sensação que aos homens. Aliás, durante todo o tempo em que falei ao bispo, a voz dela me ditava o que dizer tão audivelmente que me admiraria ele não ouvi-la, se eu não soubesse que ela tinha um jeito de fazer com que somente eu a escutasse.

Muito bem, começou a me dizer o bispo, depois de eu haver exposto minhas razões. Ele ficava muito feliz com a minha decisão e o cargo que sempre tinha sido visto como talhado para meu verdadeiro início de carreira. Para meu enorme espanto, não falou numa paróquia prestigiosa na capital, mas me fez uma surpresa absoluta e agradabilíssima, devo admitir, embora não goste de surpresas. Mesmo quando são agradáveis, me trazem uma sensação incômoda de insegurança e desestruturação. Obviamente, o mundo não tem propriamente uma estrutura organizada, como descobriu, para desmoralização sua, a Física. Mas isso só em um sentido; em outro sentido, não, porque gente como eu pode estruturar seu mundo à vontade e deve fazê-lo, pois, afinal, que outra orientação poderia tomar a vida? E de fato levei alguns segundos para digerir a boa surpresa.

— Você vai trabalhar no Palácio Arquiepiscopal — me disse o bispo, com as mãos entrelaçadas sobre o vasto estômago. — Vai trabalhar no gabinete do bispo auxiliar, primeiro apenas como assessor do chefe de Gabinete, monsenhor Paulo José. E digo "apenas" não porque seja um cargo de pouca importância, antes pelo contrário, muitíssimo pelo contrário. É que nós temos projetos mais importantes para você. O monsenhor anda muito doente e já está numa idade relativamente avançada para o estado clínico dele, que sofre do coração e é diabético. O que eu prevejo é que você o substituirá, depois de uma temporada no Vaticano.

— Uma temporada no Vaticano? — assustei-me, embora não o demonstrasse, eis que uma temporada no Vaticano não estava absolutamente em minhas cogitações e eu seria capaz de abandonar a batina, se fosse obrigado a afastar-me de minhas duas obrigações principais. — Mas, Eminência, eu sou o mais humilde dos servos do Senhor, eu não aspiro a nenhuma glória terrena, eu quero ser um instrumento da palavra de Deus, eu não quero nada além disso, e já é muito, a ponto de pedir perdão a Ele todos os dias, porque sei que almejar a santidade pode significar até arrogância ou pretensão, mas no meu caso...

— Eu sei o que você vai dizer, meu filho, eu sei. Mas a mim não precisa dizer nada, eu tenho testemunhado de longe a sua abnegação e entrega total ao seu ministério.

— Muito obrigado, mas eu...

— ...Não se sente à vontade para aceitar sua estada no Vaticano. Eu compreendo perfeitamente e, como lhe disse, já previa isto. Mas não há motivo para preocupação, exatamente por causa dessa compreensão. Você é um jovem idealista, o que é algo de muito precioso, não só para a Igreja como para a própria sociedade. Sua indicação para o posto na arquidiocese se dará imediatamente, mas eu lhe prometo e, se for o caso, obterei a permissão do meu eventual sucessor, que a ida ao Vaticano será exatamente como está acontecendo agora, dependerá de sua aceitação. Não aceitação por respeito à disciplina da Igreja, mas aceitação vinda do fundo de sua consciência, nunca deixaremos de observar isto. Você não sabe, naturalmente, mas é objeto de conversas nossas há muito tempo. Repito que não se preocupe, vai tudo dar certo.

— Eminência, eu sei que não sou merecedor dessa honra que o senhor me oferece. Mas, já que é assim e já que a situação indica que minha presença em Praia Grande pode trazer inconvenientes, só posso dizer a Vossa Eminência que aceito essa designação honrosa com toda a humildade e espero não decepcionar aqueles que, tão caridosa e generosamente, me consideram capaz de desempenhar essas funções delicadas e importantes.

— Eu tenho certeza de que sim. E concordo inteiramente com seu julgamento. Antes de você me procurar, eu já ia fazê-lo, porque informações que nos chegam, por diversos meios que não precisam ser citados agora, indicam que o Governo, o sistema, melhor dizendo, tem várias objeções a certas atividades suas que eu sei que você exerce de boa-fé, mas cujo significado é, com razão, percebido como contrário à nova ordem política, com a qual não temos nada a ver, pois a missão da Igreja não é política, está muito acima dela.

— Eu sei, mas, na verdade...

— Não é necessário explicar nada, eu estou sendo perfeitamente sincero, quando digo que o compreendo. Também já fui jovem, também conheço o ímpeto da juventude, tanto assim que, depois de atingir a idade que tenho, reconheço que sou outro homem. O mesmo ocorrerá com você, vamos dar tempo ao tempo.

E, depois de mais alguns minutos, despedimo-nos. Eu voltaria a Praia Grande, onde meu substituto iria ter comigo em no máximo uma semana, faria minhas despedidas e me apresentaria à arquidiocese em cerca de quinze ou vinte dias. Saí como se estivesse flutuando num mundo onde a não ser o que estava muito próximo ficava fora de foco. Saí, por assim dizer, iluminado, e, enquanto atravessava a rua em frente à arquidiocese, para pegar o ônibus que iniciaria minha viagem de volta a Praia Grande, tive um novo transe, por culpa do qual quase sou atropelado e ouvi gritos de "cuidado, seu padre!", mas tão distantes que nem me importei. Além do quê, minha mãe falava comigo e falou durante toda a viagem, em como eu agora estava numa situação excelente. Entre os padres, era tido, digamos, por homem de confiança, que jamais esposaria ideais subversivos ou anticristãos. E, entre os poucos subversivos que conhecia, era considerado um deles, pelo menos um auxiliar valioso. Perfeito, perfeitíssimo, sob todos os aspectos. Via eu, então, como ela estava sempre certa? Via, via, querida mãezinha, via tanto que eu, que nunca chorava, nem choro, embora me tenha sentido como se fosse cair em prantos, engoli em seco, balancei a cabeça e conversei com ela em silêncio até chegar à casa paroquial de Praia Grande.

Claro que não dei isso a entender, nem levemente, a ninguém em Praia Grande, mas poucas vezes em minha vida atravessei um período aparentemente tão gratificante, porém na verdade um suplício, porque só pensava na minha transferência para a arquidiocese. E, veja você, quase emprego a palavra "tortura", para descrever esse período. Mas não a utilizei porque — de novo descubro como é bom e fácil escrever, pelo menos para mim — quero-a para outros propósitos, que, se você não é tão burro quanto o tenho imaginado, pode certamente adivinhar. Schopenhauer, cuja obra, não sei por quê, assim como a de Kierkegaard e a de Camus, li toda, diz, num livro mesquinho e bilioso como ele era, que quem usa parênteses não sabe escrever. Concordo com ele. Por esse critério, eu não sei escrever. Mas sei que meus parênteses disfarçados poderão muito bem passar despercebidos e só os denuncio para que você os procure e perca seu tempo com besteiras que você, se não for realmente muito burro ou burra, não procurará, pois nem eu mesmo tenho certeza sobre onde eles estão. Tenho, sim, certeza sobre estes ocultos logo acima e logo abaixo, mas não me preocupo com o resto. Só não uso o odioso signo curvilíneo porque sei que posso passar sem ele e Schopenhauer — li-o em inglês e o tenho aqui, numa brochura odiosamente expurgada dos acessos de mau humor de que ele era permanente vítima, por algum britânico aveadado que desconhecia o fato de a rainha Vitória ter sido assiduamente comida pelo alagoano barão de Penedo, aríete da mulatagem nacional e embaixador na Corte de São Tiago — que vá à merda. Eu posso já ter morrido e Schopenhauer vai continuar a ter tão pouca importância quanto merece. Mas, sim, que dizia eu?

Aprendo a escrever a cada dia, é inegável que a prática traz muita segurança e termina por ser excelente professora. Continuo aprendendo. Não se pode ter cerimônia com o texto, tem-se que escrever o que vem à cabeça, eis que quem trabalha em excesso as palavras é um patente embusteiro narcisista. Não há o que complicar, é só escrever o que vem à mente, sem censura interna, outra estupidez inútil, assim como ler nas entrelinhas, pretensão arrogante de oligofrênicos com que os subdotados se divertem e se acreditam espertos. Tudo é lido nas linhas, nada nas entrelinhas, as quais estão na cabeça de quem lê e jamais, a não ser em casos patológicos ou de escrevinhadores covardes e simplórios, na cabeça de quem escreve. Tenho pouco tempo de prática nisto, mas o de que sempre suspeitei é verdade. Ler nas entrelinhas é um ato ou hábito no mínimo egocêntrico e masturbatório. Sim, mas que dizia eu?

Contava eu que nesse curto período, bem curto mas longuíssimo para a minha ansiedade, passei por uma fase muito inquieta de minha vida, em que às vezes tomava chazinhos soporíferos, para poder conseguir dormir. Minha mãe sempre era consoladora, mas, acho que para temperar mais fortemente minha fibra, não vinha falar-me tão freqüentemente quanto eu gostaria. Fez ela muito bem, como sempre fez, Sabedoria de Minha Existência, Sopro Vital de Meu Ser. Já não podia tolerar as festas e homenagens e, principalmente, as conversas esdruxulamente privadas que vinham ter comigo, como se estivéssemos a ponto de conspirar para deflagrar uma guerra mundial. Até Humberto Pescador, que costumava ser sensível o bastante para não me incomodar com colóquios que eu não queria ter, assim como eu agia com ele, deu para me impacientar. Eu queria ir embora, eu queria como que bater asas, queria como que respirar. Mas tive de suportar as festas que deram em minha homenagem, as missas pedidas que fizeram, as novenas que organizaram, os discursos que pronunciaram, enquanto eu, olhando para o chão para que não vissem meus olhos exasperados e raivosos, desejava que todos desaparecessem e me deixassem em paz para cumprir minhas missões. Quem tem o temperamento ansioso sabe que os minutos, os segundos, os milissegundos não passam entre o instante em que se quer que algo se dê e o instante em que ele finalmente se dá.

Mas sobrevivi. Fiz discursos e puxei orações prolongadíssimas, elaborei e proferi sermões considerados por todos verbo inspirador e sublime, conversei horas tediosissimamente compridas com o padre, não tão novo, que viera me substituir e que parecia me venerar. Era uma óbvia besta abaixo da mediocridade, embora mal disfarçasse que se tinha em alta conta intelectual, o que o encaixava às mil maravilhas numa paróquia como Praia Grande.

Era leitor da revista *Seleções* e aparentemente julgava que aquilo o tornava enciclopédico, quando só o fazia soar como um almanaque com freqüência meloso e sem imaginação. Mas eu o agüentei, somente eu sei com que sacrifício, entre os muitos que a minha impaciência agravava. Até hoje não gosto de me lembrar daqueles dias em que nada me interessava, apesar de eu ter de afetar o contrário, inclusive estima, lealdade e amizade por gente pela qual eu não sentia nada senão por vezes um certo asco.

Oh, Universo, que matéria e ilusão conténs, que é a consciência, que é o saber de nós mesmos, que é ser indivíduo? Não sei. Sei que sou um indivíduo e que tenho consciência, embora Descartes me irrite, com sua "prova" da existência do Ser Absoluto, "prova" esta, como tantas outras coisas a que já me referi, basicamente voluntarista. Mas sei que existo, sou forçado a admitir. A figura de meu pai, sobre o qual nunca deixei de ter informações, volta e meia me aparecia em pesadelos, como uma avantesma gosmenta e sem uma célula que não me provocasse náuseas. Tive até medo, mas minha mãe não falhava em meu socorro. Eu sabia, através de relatos assíduos de praticamente todos os que costumavam vê-lo na fazenda, que ele não estava bem, ou pelo menos não era o mesmo homem de antes. Caía de cama a cada tantos dias, sofria tonturas, não campeava os matos a não ser vez por outra, falava somente o que não podia deixar de falar, não queria ouvir meu nome e assim por diante. As cidades pequenas, onde o mais comum são os cachaceiros e as beatas mexeriqueiras, constituem uma espécie de síntese da Humanidade. É nelas que aparecemos, sem as desculpas ou evasivas que o rebuliço das cidades grandes desculpa ou justifica, para dar a parecer que os indivíduos são diferentes. Não são diferentes e a vida paradisíaca das cidades pequenas, que tantos imbecis exaltam, não passa de um exercício de falsa simplicidade, em que a maldade e a má vontade inerentes à condição humana se disfarçam até mesmo em solidariedade. Não é solidariedade o que se manifesta quando, por exemplo, se acodem os necessitados, é vaidade, vaidade exercida até perante o Deus que inventaram e ao qual dizem que são fiéis, pois que, apesar de professarem a onisciência desse Deus, acreditam que ele só vê o que eles querem. No Mercado São Pedro, o mercado público de Praia Grande, trabalhava um dono de tenda que era o exemplo disso. Tinha o retrato do coração de Jesus — um Jesus louro de olhos azuis e catadura escandinava, que é o padrão dos merdas que este país habitam — pendurado obliquamente, como se olhando lá de cima os mortais cá de baixo, um nicho com as imagens de Santo Antônio, Santa Bárbara, São Jorge e São Roque e um rosário enroscado num crucifixo. Mas, ao abrir sua tenda, lá pelas quatro da manhã, queimava folhas mágicas, fazia passes, exortava os céus em alguma língua africana e cumpria acho que todos os atos de religiões por ele mesmo chamadas de satânicas. Deus não estava vendo, é claro. Como se esse homem não enxergasse nisso — e, mesmo que se enxergasse, a mim pouco importa — uma devoção a Satanás, em quem, aliás, tenho uma curiosa, mas sempre malograda, vontade de acreditar, porque seu próprio Deus não enxergava o que ele fazia em sua tenda. Depois de cumpridos esses rituais grotescos, ele abria a tenda. Havia muito eu já sabia que é a mesma coisa que fazem os sacerdotes católicos ou protestantes, todos profanamente supersticiosos, só que Deus não vê, eles acreditam numa cortina cósmica que lhes encobre os bastidores dos olhos da Divindade Eterna. Lembro os padres homossexuais ou falsamente castos, lembro praticamente tudo o que vi em redor durante toda a minha vida e chego à conclusão de que, sim, Deus existe para a maioria dessas pessoas, mas não passa de uma espécie de super-homem, tão eivado de defeitos quanto suas criaturas, como a hipocrisia não se reconhece!

Claro que, para mim, era melhor que meu pai estivesse relativamente bem, pois, não sei por que razão — talvez por causa das conversas com minha mãe, que sempre me reassegurava de que eu teria o privilégio de cumprir o meu dever e assassiná-lo —, Maria Helena era a missão que me interessava desempenhar primeiro. Não pude evitar, nem quis, aliás, outras hipóteses, que me ocupavam a mente nas horas insones ou solitárias. Pensava que assassiná-lo seria misericordioso, porque certamente, pela rapidez provável de sua morte, não sofreria como devia sofrer. Cheguei a ter visões de um grande siri caxangá, escorregando ao longo das paredes de meu quarto. Para quem não sabe, o siri caxangá é uma variedade dos siris que todo mundo conhece, encarapaçado numa cobertura que o camufla entre as algas e sargaços das marés baixas nos bancos de areia, nas coroas, como se diz ainda em Praia Grande. Imaginava eu esse siri, animal símbolo do câncer e sinônimo dele, de certa maneira, crescendo vagarosamente dentro das entranhas de meu pai e o comendo aos poucos, causando-lhe dores inenarráveis e um sofrimento acima de qualquer outro. Sim, primeiro ele podia sofrer essas dores, para depois eu matá-lo. Mas seria praticamente uma eutanásia, uma boa morte — e eu não queria uma boa morte para ele. Preferi acreditar que ele mirraria, sim, mas de maneira que seu assassinato por mim não fosse uma boa morte, fosse uma morte de que ele tivesse medo. Claro, minha mãe me garantia e eu sabia: ele teria uma morte medonha, encararia o espectro da morte com terror e tremores, sem nada poder fazer. Magnífica, essa minha intuição, como já verá você. Talvez, se as coisas se passassem de outra forma, eu não tivesse as recompensas incalculáveis e imprevisíveis que viria a ter. Mas as coisas se passaram esplendidamente.

— A quem devo anunciar?
Era esta a frase que eu mais usava, durante meus primeiros meses na condição de, digamos, oficial de gabinete do monsenhor padre José. Aliás, primeiros meses, não; praticamente primeiras semanas, porque logo descobri que, apesar de ser de fato cardíaco e diabético, o monsenhor era fundamentalmente um preguiçoso carreirista, untuoso, fátuo, corrupto e desses espertos que se julgam tão espertos que acabam por revelar-se pateticamente estúpidos. Sem dúvida, sua ascensão se devia ao que ele evidentemente estimava serem qualidades. E eram, pensando bem, quando se evoca a perversão que as organizações, a burocracia, por assim dizer, trazem até às melhores intenções. Para ele, para os muitos como ele, para os outros, não para mim.

Logo suas funções passaram a ser praticamente exercidas por mim, excetuados os despachos que ele tinha com o bispo auxiliar, dos quais ele fazia questão de me excluir, pela óbvia razão de que o meu trabalho era apresentado como se tivesse sido feito por ele, que me tratava com fingidos ares paternais, a ponto de, no começo, eu ter pensado o pior, que era ser ele homossexual como tantos outros e querer de mim serviços nessa área, que eu odiaria prestar. Mas, felizmente, isso não era verdade, até pelo contrário. Descobri com poucos dias de trabalho que ele mantinha uma relação curiosa com d. Wilma, mulata trintona, sempre com golas em torno do pescoço e óculos de tartaruga. Sempre que chegava à arquidiocese, ele primeiro tinha uma reunião com ela, que espionei com facilidade através do buraco da fechadura da porta entre a ante-sala, no primeiro dia em que vi claridade saindo por ele. Antes, o que já me causara suspeitas, a chave estava sempre passada por dentro e um pano qualquer, pendurado nela, impedia a visão do que se passava do outro lado. Mas aprendi a verificar isto todos os dias e chegou a ocasião em que eles se descuidaram, o que me proporcionou o que não foi propriamente uma surpresa, embora os detalhes me houvessem espantado, no começo. Ele, de pé e com a batina levantada, se encostava na sua grande escrivaninha. Ela, tirando os óculos, soltando o coque que invariavelmente lhe prendia o cabelo, lhe abria a braguilha e sugava seu membro semiflácido, até que ele alcançava o orgasmo, cujo certamente parco resultado ela engolia. E, durante todo o processo, ela mantinha os olhos fechados, mas se podia ver seu prazer, no momento em que ele a esbofeteava, sem muita força mas o suficiente para doer, como descobri mais tarde. Era um ritual sempre repetido, após o qual ele se compunha, sentava-se à escrivaninha enquanto ela ajeitava os cabelos, repunha os óculos, passava, não sei por quê, a mão sobre a saia e lhe apresentava os papéis do dia, conversando com ele como conversaria na presença de terceiros.

Depois de ter observado esse ritual diversas vezes, decidi que seria bom, para que eu assumisse total controle da situação, fazer o mesmo com ela. Ela obviamente era masoquista, o que tornava as coisas mais fáceis, pois bastaria ameaçá-la de violência para que cedesse. E, como era também subordinada a mim, um belo dia chamei-a à minha sala, pedi que sentasse na cadeira que havia posto bem em frente à minha mesa, de maneira igual a que ele fazia, e pedi-lhe que esperasse. Fui ao pequeno banheiro contíguo, peguei a toalha de rosto e a pendurei na chave.

— Não é assim que a senhora e o monsenhor costumam fazer, só que às vezes esquecem? — perguntei, e ela, depois de ficar avermelhada, empalideceu e ficou ofegante.

— O que o senhor quer dizer?

Expliquei-lhe sem rebuços. O monsenhor jamais tomaria conhecimento daquilo, a não ser que ela lhe contasse, o que eu sabia impossível, mas eu exigia dela a mesma coisa. Era jovem, precisava soltar meu esperma quase empedrado pela abstinência forçada e a achava atraente. Achava atraente até o modo com que ela desfazia o cabelo e tirava os óculos. E, não esperando resposta, ordenei-lhe que fizesse a mesma coisa, o que ela cumpriu com ainda maior presteza do que eu já esperava. Olhou meu falo grande e ereto, desfez o cabelo, tirou os óculos, mas se interrompeu antes de eu enfiar-me em sua boca.

— O senhor me esbofeteia, não esbofeteia?

— Claro. Já vi o que a senhora gosta.

— E não estamos fazendo nada, não é? Para todos os efeitos, por tudo que lhe é sagrado.

— Não tenha receio. Só quero a mesma coisa que o monsenhor, nunca irei além disso.

— Mas não estamos fazendo nada, eu peço ao senhor que me diga que não estamos fazendo nada.

— Já lhe disse que não estamos fazendo nada. Agora pode começar.

Não imaginava como ela era competente no que fazia. Sem que eu lhe dissesse nada, prendeu minha batina na faixa de minha cintura, baixou-me as calças, fechou os olhos e, sem tocar no meu pênis, chupou-me, devo admitir, com grande proficiência, a ponto de eu sentir imediatamente que estava unindo o útil ao agradável. Minha intenção inicial era apenas tê-la em minhas mãos e assim assumir maior controle do gabinete, mas descobri que não só a língua dela era um órgão sexual poderoso como me dava imenso prazer esbofeteá-la e sentir que ela entrava em êxtase a cada golpe, bem como, numa inovação em relação ao monsenhor, quando eu, puxando sua cabeça pelos cabelos retirava meu pênis de sua boca e, com um movimento brusco, a trazia de volta. Durante todo esse tempo, até minha ejaculação vigorosa acontecer praticamente em sua garganta, ela jamais abria os olhos. E, em seguida, depois de me enxugar na toalha ainda pendurada na chave, as ações eram as mesmas que com o monsenhor. Ela se ajeitava, não dizia nada, tampouco eu, e fazíamos o que quer que tivéssemos de fazer naquela hora. E o mais curioso era que nunca falávamos nada além de assuntos de trabalho, nem mesmo depois de nossas relações sexuais. Tenho apenas uma vaga idéia do sobrenome dela, não sei onde ela morava, nem onde mora, não sei mesmo se ela ainda está viva, embora fosse, julgo eu, somente um pouco mais velha do que eu. Nunca mais ouvi falar nela e é como algo certamente importante, mas não passível de análise, a não ser por algum dos muitos psicanalistas embusteiros e empolados que por aí abundam e que explicam coisas opostas usando a mesma argumentação: se se é contra alguma coisa, é pela razão que eles descrevem; se se é a favor da mesma coisa, também as mesmas razões são apresentadas. Não me interessa o que acontecia na cabeça dela, nem mesmo sei se pensava conscientemente no assunto. Só sei que era isso que nós fazíamos e fizemos durante os anos que passei a serviço da arquidiocese e é o quanto me basta. Sei que ela era casada, mas nunca lhe conheci o marido e também sei que parecia amamentar-se, ao chupar a mim e ao monsenhor, porque, detrás da fachada hermética e severa que logo lhe retornava após esses atos, havia um certo brilho saciado, um certo reflexo de plenitude. Problema dela, afinal, eu apenas lhe fornecia o de que precisava visivelmente, porque, depois de algumas seções, era ela mesma quem tomava as iniciativas, a começar pela toalha pendurada na chave, que, por sinal, nunca mais foi esquecida também no gabinete do monsenhor.

E, assim, eu não só obtinha prazer como controlava as fontes ocultas de poder, no gabinete da arquidiocese. Com ela sob meu controle, também o monsenhor, de certa forma, estava em meu controle e eu podia agora dedicar-me à tarefa que me movia, ou seja, mostrar a Maria Helena que não devia me ter rejeitado daquela forma, não devia ter-me erguido obstáculos, algo que nunca pude perdoar e cujo planejamento tomava minhas horas de ócio.

Lembrei-me, naturalmente, do coronel Siqueira. Sabia que era através dele que chegaria a Maria Helena, só não sabia ainda os horizontes que se abririam diante de mim. Eusébio era o meu nome de guerra, por assim dizer. Sim, estava na hora de telefonar para o coronel. O papel que ele me dera, com o número do telefone, estava cuidadosamente enfiado entre as páginas de minha agenda. Telefonei pelo meu aparelho direto, sem a interferência, desnecessária, de d. Wilma, a quem, aliás, eu continuava a chamar de "senhora" e com quem mantinha, como disse, um relacionamento sob todos os aspectos normal, a não ser pela felação diária, tal como, imagino eu, o monsenhor. Para minha surpresa, o coronel atendeu pessoalmente e me reconheceu de pronto. Aliás, minha chamada era uma feliz coincidência. Eu estava mesmo disposto a colaborar com o que ele chamava de "saneamento"? Esperava que sim, porque tinha necessidade de homens como eu, tão desprendidos quanto capazes e insuspeitos, porque a própria Igreja estava infiltrada, ele tinha informações irrefutáveis, por subversivos. E, sim, sim, Maria Helena e seus cúmplices não estavam mais sob custódia, mas sob vigilância, por eles desconhecida, em atividades, por eles não suficientemente conhecidas. Não podia falar tudo ao telefone, porque os subversivos eram bem mais eficientes, astutos e inescrupulosos do que se imaginava e não era impossível que tivessem informantes dentro da própria arquidiocese.

Quase com um riso, pensei em d. Wilma, mas não tinha importância ela ser ou não ser informante, aquilo em nada afetava o nosso relacionamento. E, desta maneira, marcamos o nosso primeiro encontro, propositadamente a ser realizado em minha sala no Palácio Arquiepiscopal, onde a presença de uma autoridade militar não podia ser estranhada, naqueles tempos.

O coronel chegou e me encontrou à sua espera, à porta de minha sala, onde nos trancamos por mais de duas horas. Não tive que aparentar interesse no que ele me dizia. Normalmente, não haveria nenhum, mas precisava de todos os dados possíveis para chegar, da forma que eu queria, a Maria Helena e também, por via de conseqüência, a seu marido. Ele me explicou prolongadamente a teoria da segurança nacional que norteava suas ações. Reconhecia até que, entre os subversivos, havia patriotas bem-intencionados, que serviam, sem saber, a interesses contrários à própria essência de nossa nacionalidade. Mas estes eram minoria. A maior parte se constituía de marxistas atamancados, trotskistas, guerrilheiros sem rumo, vagabundos frustrados e uma laia infinita de réprobos. O país não podia permitir que eles conseguissem o que planejavam e que haviam chegado perigosissimamente perto, não só porque era necessário preservar nossas instituições basilares, como porque usavam todos os métodos, do terrorismo à insídia ideológica, veiculada por uma imprensa também infiltrada e, no geral, despreparada, onde a moda era hostilizar os militares e agir contra os interesses da esmagadora maioria do povo, que, apesar de em grande parte analfabeto e faminto — o que a Revolução não tardaria a solucionar e já estava solucionando —, não queria nada daquilo que seus pseudointérpretes e porta-vozes vociferavam em suas reuniões clandestinas. Admitia que era obrigado, muitas vezes, a usar métodos considerados, em circunstâncias normais, reprováveis. Concordava em que eram reprováveis, mas se tratava de uma guerra, não era um momento comum. Se eu tivesse sua formação militar e sua especialidade no ramo da inteligência, investigação e análise, não precisaria explicar-me mais nada. E, se eu já não tivesse compreendido o que me explicava, que compreendesse então definitivamente: o país estava em guerra. Isso mesmo, em guerra não declarada, contra um inimigo sem face nem forças militarmente organizadas, mas capaz de levar o país ao caos, à anarquia e à entrega final ao inimigo da civilização tal qual a conhecíamos. Para isso, não se deteriam diante de nada e usavam os instrumentos de aparência mais inocente, até mesmo livros e peças para crianças. Nada do que me dissessem deveria afastar-me da convicção que me passava. Estávamos realmente em guerra de vida ou morte e era um dever patriótico tomar partido e cumprir esse dever. Sabia que podia confiar em mim. Outros padres trabalhavam com ele e eu seria mais um, privilegiado pela reputação e pelo alto conceito de que já desfrutava entre meus pares e toda a comunidade. Ao mesmo tempo, sabia que eu era tido pelos subversivos como um inocente útil. Bem, não o seria mais, embora eles devessem continuar a pensar assim. Eu seria uma arma da Revolução, revolução esta tão importante que os Estados Unidos já estavam colaborando intensamente na repressão, já havia diversos agentes em atividade em toda a área regional sob a responsabilidade dos órgãos de segurança. Para um padre como eu, talvez fosse difícil reconhecer, a princípio, que o uso da tortura era necessário, mas haveria eu de convir: torturados foram os mártires da Igreja, torturados foram mártires da democracia e das liberdades públicas, torturados foram os que resistiram à opressão soviética. Militares e sacerdotes tinham mais em comum do que se pensava, pois ambos colocavam acima de tudo sua fidelidade a princípios. Até mesmo a violação da lei se justificava, em função desses princípios e ideais. Estava eu realmente disposto a colaborar? Aceitaria qualquer resposta, respeitava minha posição, qualquer que ela fosse, mas, se decidisse não colaborar, que me preparasse para as conseqüências que poderiam advir, desde pessoais até as que atingissem a própria essência e existência da Igreja. Agora o grupo de Maria Helena, que se rotulava sob o nome pomposo e falso de Ação Cristã pela Liberdade, Dignidade e Democracia, vinha exercendo sua atividade solerte, ele sabia, em diversas áreas. Dada a minha aproximação com ele, vinda desde Praia Grande, eu podia contribuir significativamente para a descoberta de suas fontes de financiamento, seus focos de operação e seus mais perigosos militantes. E então, que dizia eu?

Ah, que dizia eu... De novo a cara do coronel se fundiu com outra, a de minha mãe. Que dizia eu? Só podia dizer que o coronel acabava de me convocar para uma guerra santa, uma verdadeira cruzada. Sim, uma cruzada em seu sentido mais nobre. Eu estaria a seu lado, para o que desse e viesse. Evidentemente, era desnecessário frisar, mas de qualquer maneira importante, o segredo era vital. O coronel sorriu. Também tinha seus seguidores na imprensa, também tinha suas armas insidiosas. Eu apenas devia preparar-me para ser considerado inimigo do sistema, até mesmo ser execrado por muitos que de fato eram nossos aliados, mas, por questões de segurança, não podiam saber de minha missão. Que eu não tomasse aquela missão com leviandade e sem entrega total à causa, porque, como ele não se cansaria de repetir, estávamos em guerra e em guerra contra um adversário imisericordioso. Dois dias depois, vestido em roupas que ele me levara num saco e que me tornavam bem menos magro, tive meu primeiro encontro, encapuzado à entrada do recinto principal de um velho casarão, para iniciar minha trajetória como Eusébio.

Devo admitir que achei tediosas e mesmo ridículas as atividades preparatórias para o início de minha missão. Algumas das reuniões a que compareci exigiam o uso de precauções complicadas. Nós, agentes iniciantes e aqueles que não queriam ser conhecidos nem de seus próprios "colegas", éramos obrigados a comparecer encapuzados, depois de sermos arrepanhados por uma camioneta de carroceria fechada, em diversas partes da cidade. Não nos era permitido saber nada sobre a identidade dos outros encapuzados. Durante esse trajeto, que só homens como o coronel conheciam, devíamos manter os capuzes — ou, melhor dizendo, o que hoje se chama de máscaras de esqui — e não conversar. Aliás, conversávamos muito pouco, mesmo nas reuniões, que eram basicamente destinadas a nos doutrinar e a fornecer informações que poderiam ser úteis. Eu mesmo nunca falei uma palavra nessas reuniões, mas tive de fingir que prestava atenção e aprendia o que me ensinavam, quando sabia daquelas artes bem melhor do que eles, pois, de uma certa forma, passara a minha vida agindo sob dissimulação, fingimento e posturas falsas.

Havia outro tipo de reunião, no começo somente com o coronel e, depois que fui subindo em termos de confiança, com outras pessoas, oficialmente empregadas pelas Forças Armadas, ou "amadores", como eu. Neste caso, podíamos mostrar os rostos, embora para mim não significassem nada, pois só os via mesmo nessas reuniões. E, numa dessas reuniões, eu fui o principal elaborador do plano que me levaria, apesar de eu ainda não saber, a modificar inteiramente minha vida. Eles conheciam o paradeiro de Maria Helena, seu marido e os principais ativistas de seu grupo e só não os haviam detido ainda porque precisavam de informações sobre gente superior na hierarquia da organização, que não tinham certeza de que a célula de Maria Helena possuía. Numa dessas reuniões, já impaciente, fui eu quem teve a idéia de me infiltrar no grupo e, principalmente, ser preso em companhia deles. Preso uma vez, junto com o grupo, para ganhar confiança e, depois, ser solto, junto com todos os outros, a fim de chegarmos à solução final do problema. Eu precisava de uma prisão, digamos, preliminar, para depois fazerem a prisão definitiva e cumprirem as metas definitivas. O coronel Siqueira ficou surpreendido com a minha decisão, mas acabou por elogiar-me profusamente. Sim, eu seria preso como eles e aparentemente torturado como eles, para ganhar a confiança de ser informado dos nomes dos cabeças do movimento.

— E tem mais — disse eu, uma certa altura, ao coronel. — Eu quero ser preso junto com eles e torturado como eles. Bem, não como eles, mas o suficiente para aparecer diante deles com evidências patentes de haver sido torturado, talvez alguns hematomas, coisas assim. Tenho uns pivôs nos dentes que podem ser removidos e substituídos por provisórios, enquanto eu estiver exercendo minhas funções na arquidiocese. Chego junto a eles como torturado e preso e, desta forma, duvido que não conquiste a confiança absoluta de todos eles, poupando muito trabalho a nossos companheiros.

O coronel mal conteve sua admiração, ao ouvir-me. Sim, meu plano era perfeito. Eles me dariam os dados sobre Maria Helena, eu a procuraria e, numa reunião do grupo, seria preso junto com todos os participantes presentes. O grupo testemunharia minha prisão e minha tortura em comum com eles e, assim, eu passaria a "oficialmente" ser um membro da ACLDD, sigla da organização de que ela era militante. Que eu me preparasse para um tempo talvez mais longo do que o previsto nessa condição, ainda não se podia antecipar nada.

Dando fluxo quase perfeito à minha Vaidade, expliquei ao coronel que ele estava lidando com um homem de muito mais fibra do que ele pensava. Seguramente ele teria algumas surpresas, quando me visse entrar na ação que, embora eu não o demonstrasse, por não querer causar suspeitas nele, já me deixava impaciente e ansioso. Eu precisava ver Maria Helena, eu queria superar aquele obstáculo para depois matar meu pai e temia que o tempo não fosse suficiente. Jamais me perdoaria se, em vez de matar meu pai como minha mãe queria, ele morresse de morte natural, sem ser informado de que houvera uma vingança contra sua vilania.

Não foi difícil encontrar Maria Helena, porque outro padre — este, sim, verdadeiro membro da ACLDD — me deu a informação, após uma conversa bem mais curta do que esperava. Ele me conhecia, sabia de minhas idéias, podia levar-me a seu grupo de base. Não teria acesso ao verdadeiro comando, porque isso demandava tempo e planejamento, obedecendo às regras rígidas da organização, que sabia ter um inimigo ladino, perigoso e inescrupuloso, mas iria às reuniões da célula de base a que Maria Helena pertencia. Logo, com uma facilidade que demonstrava a imprudência e até ingenuidade daqueles militantes de meia-tigela, eu comecei a freqüentar as reuniões, que se alternavam entre dois ou três locais diversos, entre medidas de precaução que, de tão tolas, davam vontade de rir. Mas não ri nunca e, pelo contrário, demonstrei com eloqüência minha fidelidade à causa do grupo e minha disposição de servir de quinta-coluna junto às pessoas influentes que, em conseqüência de minhas funções na arquidiocese, eu conhecia.

E assim fiz. O coronel Siqueira passou a freqüentar assiduamente a arquidiocese e a me dar, homeopaticamente, informações destinadas a aumentar a confiança do grupo em mim, tais como a antecipação de operações na verdade fictícias e "fichas" de gente tida como de esquerda, mas na verdade comprometida com o governo militar. Em pouco mais de dois meses, eu já era membro importante do grupo e cheguei a ouvir confissão de vários, pois eram católicos e acreditavam, de fato, não só nas besteiras do catolicismo, como nas besteiras da revolução que tinham certeza de que um dia viria. Não posso dizer que me divertia com aquilo, mas mentiria se dissesse que não derivava um certo prazer de estar metido naquele jogo de farsas, em que, em última análise, somente eu sabia o que estava realmente acontecendo. Ou, pelo menos, o que estava acontecendo que afetasse meus objetivos. Era tudo um processo destinado a satisfazer meus desejos imperativos. E minha mãe, durante todo esse tempo, jamais me abandonou, sempre cochichando algum pequeno detalhe que me havia escapado ou alguma ação que me beneficiasse. Até que, finalmente, chegou o dia em que, depois de uma cuidadosa preparação, nossa prisão foi feita. Por sugestão minha, eu reagiria, como reagi, com um discurso indignado, dirigido a "meus irmãos que por acaso estão a serviço desse governo iníquo", para tomar um bofetão, como tomei, na presença de meus companheiros de grupo e ser com eles levado a um determinado forte que servia de cárcere e masmorra de torturas para os subversivos, onde fomos postos em locais separados.

Sei que o sistema mantinha cárceres muito mais bem aparelhados do que o nosso, mas o nosso, até hoje, me parece exemplar. Além de recursos que o coronel Siqueira dizia que só usariam em última instância, como, por exemplo, celas sem grades e sem mais nada, nem mesmo um ralo para escorrer excremento, bloqueado quando se queria quebrar o espírito de um preso particularmente resistente, e eles eram postos nus e incomunicáveis dentro delas, entre seus dejetos, baratas e ratos, não importava o que gritassem ou quanto gritassem. Dispúnhamos de máquinas trazidas dos Estados Unidos misturadas a aparatos simples, porém eficazes. Numa sala contígua à principal sala de torturas, a parede que dava para ela era um espelho do tipo "mão única", em que só nós víamos o que do lado de lá era refletido e ouvíamos, por microfones escondidos, o que do lado de lá vinha. Lembro-me de que, na qualidade de Eusébio, senti uma certa apreensão, um gosto salgado na boca, uma certa palpitação no peito, nos primeiros dias em que observei essas torturas. Não sei bem, mas, enquanto um "companheiro" de célula era submetido a sopapos e choques, amarrado a uma cadeira que o garroteava com um colarinho de couro, a ponto de mal deixá-lo respirar enquanto apanhava e, com uma luz no rosto, lhe faziam perguntas seguidas de sopapos e eu assistia a tudo, me veio um transe. Nunca tinha adivinhado esse sentimento, nunca tinha imaginado o quanto falou a meu senso estético, por assim dizer. Há uma beleza especial na tortura, embora eu não possa explicar isto a você: ou você tem sensibilidade para isso, ou não tem, problema grotescamente seu.

 E digo mais. Essas torturas tanto me atraíram que, logo depois da prisão do grupo da ACLDD, pedi para, na minha condição de Eusébio encapuzado, assistir a diversas delas, numa das quais o torturado morreu, o que não constituía problema, pois tínhamos os nossos cemitérios e coveiros especiais. Ah, que descobertas, que transes, que prazer misterioso me arrepiando desde as entranhas, em ver aquelas relações de amor entre os torturadores e os torturados, em ver como alguns cediam logo e outros resistiam até quase à morte ou ela própria. Havia uma ternura enviesada nas torturas, havia, ouso dizer, quase orgasmos, pelo menos em mim, que agora ansiava por também participar das sessões.

Tive uma certa dificuldade em convencer o coronel a me deixar assistir ou participar dessas sessões. A dificuldade só foi superada quando, digamos, dei uma prova de amor, como se falava antigamente das moças que se entregavam a namorados. Já que tinha sido preso com o grupo de Maria Helena, embora alguns, propositalmente, tivessem sido logo liberados, inclusive ela e o marido, para que as investigações e a minha espionagem continuassem sua perquirição, queria ser posto na mesma cela que todos eles, fizessem alguma modificação nos planos. O coronel me disse que dificilmente eles sairiam dali com vida e eu lhe pedi que poupassem especificamente Maria Helena e o marido, quando eles fossem finalmente presos, até o dia em que eu pudesse aparecer de cara desencoberta diante deles. Era um favor que eu pedia, haviam sido aqueles dois os que me tinham desencaminhado, era meu direito acertar minhas contas, e o coronel concedeu. Mas, aleguei, não podia aparecer diante deles sem sinais de maus-tratos ou torturas, tinha que juntar-me ao grupo em condições físicas piores ou pelo menos tão más quanto às de outros componentes.

Com a ajuda do médico que só conheci — e lembro até hoje — pelo nome de dr. Calazans, consegui essa aparência. Pedi marcas de queimaduras nas virilhas, por trás das orelhas, onde fosse possível ou plausível. Disse-lhe que tinha suficiente autodomínio, como tenho, para até mesmo pôr minha mão espalmada sobre uma chama de vela acesa, como já li num livro autobiográfico de um colaborador de Nixon qualquer, nos tempos de Watergate. Não dei esse exemplo porque ainda não conhecia a história, mas, se a conhecesse, daria, porque sou capaz disso mesmo. Quem pode e manda em tudo é a mente, o resto é condicionamento ridículo e apego a valores indefensáveis racionalmente. E, por outro lado, descobri que me submeter a maus-tratos físicos sabendo dos objetivos que eles me ajudariam a cumprir era, na verdade, um prazer. Não prazer epicurista, ou prazer no sentido habitualmente empregado, mas um prazer superior, o prazer de fazer a mente dominar a dor em prol de objetivos, um prazer de controle, enfim. Não creio que você conheça esse prazer, nem tampouco o leve a sério. Mas é um prazer superior, um patamar que só uns poucos, através da História, descobriram.

Enfim, fiz jejum para emagrecer e ficar tão macilento quanto pudesse, o que não me era difícil, pois já sou franzino por natureza, embora forte, o dentista me tirou os pivôs, e um encapuzado, que até hoje não sei quem é, me sopapeou a tal ponto que minha cara, de tão inchada, ficou irreconhecível. Interessante é notar que esse homem, sabendo quem eu era e meu propósito de enganar os presos políticos, me parecia amoroso, na sua voz abafada pela máscara, que me dizia coisas como "é só mais esse aqui, esse aqui pode doer mais" e assim por diante. Suportei tudo e até um sentimento sublime de sacrifício pelos meus objetivos tornou essas sessões de tortura uma porta aberta a novos transes. Para não falar no orgulho que me invadiu quando minha mãe me cumprimentou pela minha valentia e dedicação. Disse-lhe que ainda me achava abaixo do que ela merecia, mas ela me desmentiu. E, assim, dormi sossegado, embora cheio de dores — mas era como se fossem sensações que estavam à parte de mim, que me pertenciam mas era como se não pertencessem, não me diziam respeito, a não ser na medida de meus objetivos.

JOÃO UBALDO RIBEIRO

Enfrentei ainda um obstáculo cuja importância não tinha calculado bem, da parte de alguns de meus superiores na arquidiocese. Queriam usar o pouco prestígio que tinham para me retirar do cárcere, medida à qual me opus e não foi atendida pelos órgãos de segurança. Ao contrário, pedi apenas — e obtive assentimento — para que me retirassem do cargo já proeminente que exercia, para me porem numa certa paróquia da periferia, em cuja jurisdição sabia que Maria Helena se encontrava. E descobri que monsenhor José, bem como o bispo auxiliar, eram ambos colaboradores do regime, o que ajudou muito a convencê-los da futilidade, ou mesmo do caráter contraproducente, de uma libertação minha antes do esperado.

Chegou finalmente o dia em que, depauperado e com o corpo marcado pelo que eu havia sido submetido, colocaram-nos a todos numa cela comum, onde fazíamos as necessidades num vaso sujo e maltratado, sem nenhum obstáculo que o separasse dos olhos alheios. Fui recebido com emoção. Trocamos impressões, as minhas naturalmente mentirosas e as deles também, pois eu havia presenciado suas torturas através do espelho e sabia quando estavam exagerando os sofrimentos passados. E, imediatamente, pois eram todos católicos, assumi a posição de conselheiro espiritual e, no que lhes afigurava uma vitória, até cheguei a obter permissão para celebrar missa no altar da capela semi-abandonada da fortaleza. O coronel tinha me dito que todos deveriam ser soltos em breve, mas nenhum deixaria de ter sua trajetória seguida vinte e quatro horas por dia, já que a meta final era alcançar os líderes do movimento. Um dos presos, no entanto, conhecido pelo codinome de Peçanha, não podia escapar. Era um dos cabeças, um homem vital ao movimento subversivo, e tentariam extrair dele tudo o que pudessem, para em seguida matá-lo, pois, sem ele, o grupo precisaria organizar-se de novo na mesma cidade, embora, é claro, dessa vez monitorado por mim.

Na rotina do dia-a-dia dos encarcerados estava a retirada de dois ou três de cada vez, para a realização de interrogatórios em separado, o que, para mim, significava a oportunidade de trocar informações com o coronel e fazer-lhe sugestões. Foi assim que soube da condenação de Peçanha e consegui participar, encapuzado como Eusébio, da tortura de outros presos, entre os que não me conheciam e, assim, nem por algum jeito especial de mover-me, poderiam reconhecer-me, caso mais tarde me revissem na rua, sem o capuz e o uniforme que costumava envergar nas sessões. E foi então que me veio a idéia da suprema e gloriosa transgressão que cometeria e do exemplo que daria, de total desprezo a valores e crenças para mim sempre tolas, opressivas e desprezíveis. Combinei tudo com o coronel, que ficou surpreso com minha decisão. Sim, já obtivera tudo o que queria de Peçanha, tinha certeza de que não conseguiria extrair mais nada dele, até mesmo porque confessara haver assassinado um agente da repressão, numa escapada bem-sucedida, em outro estado. Ele ia morrer, sim, provavelmente estrangulado por Cavaco, um policial enorme que se gabava de poder esganar qualquer pessoa com uma só mão, mesmo essa pessoa estando solta. Bastava-lhe, contavam todos, segurar a vítima e apertar-lhe a traquéia e as artérias do pescoço com tal brutalidade que a morte advinha em poucos momentos. E Cavaco se orgulhava disso tanto que, quando eu quis assistir, vestido de Eusébio, a uma de suas execuções, ele ficou numa satisfação comparável a de um artista que tem sua obra consagrada por um grande crítico, foi um momento especial para ele e para mim. Para culminar, ele era um católico fervorosíssimo, que trazia um camafeu com uma foto do papa Pio XII e lembrava sempre que esse papa havia excomungado todos os que sequer conversassem com um comunista. Não sei se é verdade, nunca li essa encíclica, como, aliás, não li nenhuma, a não ser *De rerum novarum*, assim mesmo por necessidade de legitimar minhas falas aos subversivos.

Cavaco se considerava, apesar de bronco como uma azêmola e mal saber falar, um instrumento do Cristo, escolhido divinamente para fazer Sua justiça. Era — por que não dizer? — um artista, e que me desminta você, se já não teve um frisson especial, se já não sentiu uma atração irresistível, ao ver o quadro ou a foto de um ser humano torturado. Do contrário, não haveria tantos livros como há, e eu os tenho em grande quantidade, com estampas de torturas. Quem nunca se fascinou por aquarelas, desenhos, pinturas, ou sei lá o quê de gente sendo torturada? Quem nunca se deixou transportar por um quadro ou desenho, mostrando santos ardendo na fogueira, como Joana d'Arc, ou Lourenço em sua grelha, ou comido por leões, experiência a que hoje deploro não poder assistir, ou tantos outros? Claro, comentam, como você, a estupidez humana. E a condenam, mas, na verdade, você e os outros ficaram mesmerizados por aquela cena. Quando a falsidade deixar o mundo, ele sobrará somente para poucos, mas sobreviverá esplendidamente, o homem é o necessário câncer da Terra.

Sem dizer uma palavra, Cavaco encaminhou-se para o preso derreado em uma cadeira diante dele, pôs a mão esquerda atrás do quadril como um espadachim dos filmes antigos e levantou pelo pescoço o executado com um braço só, fazendo com que os olhos deste praticamente saíssem das órbitas. Continuo a sustentar a beleza de um momento como esse, uma beleza não convencional, não de acordo com os padrões estéticos comuns e comezinhos, mas uma beleza para a qual, repetirei sempre, haverá de existir uma sensibilidade especial. Não é por nada que multidões se reúnem na rua onde um possível suicida ameaça pular de um décimo andar. Não era por nada que multidões se reuniam para assistir ao guilhotinamento de nobres na Revolução Francesa. Há, sim, toda uma arte e uma sensibilidade inata no ser humano pelo ato do assassinato, seja ele como for. Cavaco era um artista e foi com respeito que lhe pedi que abdicasse da missão, que já lhe tinha sido tacitamente encomendada, de matar Peçanha, isso porque eu gostaria que ele apreciasse também a minha capacidade. Não tinha força, nem pretendia ter, para fazer o que ele fazia, mesmo se usasse as duas mãos, mas pedi para executar Peçanha de uma forma especial. Não se tratava Peçanha de um falso católico, usando a religião como escudo para suas malfeitorias monstruosas, inclusive o assassinato de oficiais em cumprimento de missões ditadas pelo governo, missões indispensáveis à paz social e ao convívio verdadeiramente democrático, que todos ambicionávamos? Pois então, eu o mataria à minha maneira. Se bem, embora ninguém soubesse que as razões políticas pouco estavam me importando, como até hoje. Meu desejo era o prazer novo, o prazer de matar que não tive com meus irmãos, mas agora estava à minha disposição, antes ocultado sob o tapete de uma consciência falsa e agora se abrindo apoteoticamente. Matar, matar, não pode existir maior exercício de potência na existência humana. Matar, ver morrer, extinguir uma vida, matar, torturar, matar!

E, triunfo dos triunfos, o consegui! Consegui o que dormia na minha mente havia anos e mais anos, concebi a vitória que me destacaria entre todos os que comigo conviviam ou conviveriam. Consegui o mais impossível dos pecados, o pecado que espero nunca ninguém haja cometido antes de mim, nem o cometa depois de mim, pois minha Vaidade exige que eu seja Primeiro e Único. Pelo menos, Primeiro. Não há nada, em existência alguma, que possa comparar-se àquele momento de fruição, àquele instante de deleite inimaginável, que foi o que tive com Peçanha. Mas não lhe sonego, porque sei — eis que aprendo a escrever a cada vez que sento diante desta máquina — que devo dar as informações devagar, para que seu ego burro se interesse pelo que virá, embora, na verdade, não me faça falta. O editor que puser esta "obra" na rua só está interessado em seu dinheiro, assim como o livreiro. Foda-se você, pois. Se quiser continuar lendo, leia. Se não quiser, já disse antes, jogue fora o livro ou o presenteie a algum inimigo, a mim pouco se me dá. Mas conto a história, que já suspeito estar no fim, porque foi isto a que me propus.

Depois de cuidadoso planejamento, conversei com Peçanha num canto da cela, sob o afastamento respeitoso dos demais e cochichando quase sem articular as palavras. Comentei com ele, meus olhos marejados e minha voz trêmula, que ambos sabíamos que ele não sairia dali vivo, talvez nenhum de nós, mas ele principalmente. Era no dia seguinte àquele, tinha eu ouvido durante uma "sessão de tortura" a que estava sendo submetido, Cavaco o estrangularia. Não se podia fazer nada e Peçanha, com fervor apostólico, me abraçou e me disse que, se eu saísse dali, como ele não sairia, procurasse sua família e a consolasse, desse um jeito de contar a verdade que um dia teria que raiar sobre os horizontes sombrios que o país vivia. Estava resignado, sabia que o serviço do Cristo acarretava muitas vezes o martírio, não sentia medo e, pelo contrário, orava a Deus para fortalecê-lo e por dar-lhe o privilégio de morrer em Seu Santo Nome.

Que fiz eu? Imagine você o que eu fiz. Imagine o que de mais inominável um ser humano, e muito especialmente um padre, podia fazer. Interrompa esta leitura se quiser — até definitivamente, se quiser, mas, se prosseguir, não duvide do que lhe conto agora, como, aliás, já lhe adverti. Imagine, dê asas, dê gás, solte os freios de sua mente, imagine o que eu fiz. Não conseguirá, porque até eu mesmo me surpreendi com a idéia que me ocorreu e que foi louvada com admiração por minha mãe, numa de nossas conversas noturnas. Não, você não vai poder imaginar, não vai poder conceber o que eu propus ao coronel e consegui, para a sua, dele, maior admiração e, para orgulho meu, um certo medo espelhado em seus olhos espantados. Não havia necessidade, daquela vez, de recorrer a Cavaco e à possibilidade, ainda que remotíssima, que se viesse a descobrir o pescoço de Peçanha quebrado pela mão mortal daquele meganha.

Conto-lhe o que fiz. Pedi ao coronel que me conseguisse um bolachão ou uma broa, pois, em lugar da hóstia, uma côdea de pão qualquer pode ser usada, em casos de necessidade. Pedi-lhe igualmente para encontrar-me a sós com Peçanha. E, enfim, não exploro demais a curiosidade que você já desenvolveu, burra mas compreensivelmente, sobre o que fiz. Com Peçanha mal agüentando levantar o tronco do catre onde consegui que o pusessem — na verdade uma concessão que somente eu poderia obter junto ao comando — ouvi-lhe confissão e ministrei-lhe comunhão com um pedaço de pão envenenado. Verdade, envenenei uma hóstia e a pus na boca de um crente desavisado e que estava somente sofrendo as conseqüências de sua vida tolamente erguida em torno de ideais sem sentido. Não sei que veneno era, pois tinha encomendado a hóstia especial ao coronel, somente com a recomendação de que fosse algo que agisse com rapidez. Talvez, pela reação de Peçanha ao gosto da casca de pão que lhe pus na boca, cianureto. Não sei. Só sei que ele engoliu o que lhe dei, revirou os olhos e me perguntou:

— O que foi que você me deu?

— O corpo de Cristo — disse eu, e ele em seguida morreu diante de meus olhos extasiados, como uma planta frágil com as raízes agredidas por água fervente.

Eu tinha envenenado o corpo do Cristo. Curiosa sensação: nunca havia acreditado em Deus e muito menos na divindade do Cristo, mas agora me sentia como uma espécie de vencedor, como se eu tivesse nocauteado Jesus numa luta de boxe, ou fosse um dos que o crucificaram. Continuo não acreditando, e não acreditando cada vez mais, mas é uma sensação gloriosa de libertação. Depois de ter envenenado uma hóstia, ninguém pode aspirar a transgressão maior. Não era eu mais obrigado a viver sob um código de conduta moral, masoquista e impossível de atingir. Quem pode ser um verdadeiro cristão? Alguém pode respeitar todas as regras ridículas que são impostas aos cristãos? Imitar o Cristo, como há gente sempre querendo, resulta em aleijões sociais ou, no mínimo, débeis mentais, cuja vida é cerceada de todas as formas imagináveis e submetida a torturas antinaturais. Pode haver histórias mais ridículas de santos venerados, como Santo Antão, entre outras coisas porque ele se atirava em touças de espinheiros, quando sentido o chamado apelo carnal? Ou São Simeão Estilita, do qual se diz que veio a expressão "odor de santidade", pelos dejetos que rodeavam o poste em que ele vivia sobre uma plataforma? Enfim, exemplos não faltam e quem precisa deles não sabe de nada.

De qualquer forma, esquecendo esta dissertação inútil, o fato de eu ter envenenado uma hóstia e havê-la enfiado na boca de um paspalho me trouxe um enorme sentimento de liberdade, que, racionalmente, eu jamais poderia antecipar. E foi dessa época em diante que comecei a desfrutar integralmente minha individualidade, meu jeito de ser e minha razão para viver. Ser posto em liberdade, juntamente com os companheiros de cela, me deu somente a preocupação de que minha transferência para a nova paróquia, na realidade um subúrbio de esgotos a céu aberto e freqüentado por urubus onipresentes, era uma espécie de castigo da parte de meus superiores, por conta das idéias subversivas a que agora eu dava vazão constante, pois estava coberto dos dois lados.

Mas não esqueci Maria Helena. Durante mais de dois anos, eu santimonialmente e ela virtuosamente, convivemos nas reuniões do grupo. Desgastada pela tortura e pela vida incerta que levava, ela já era apenas uma sombra da beleza que eu havia antes conhecido. Mas, obviamente, isto não me fez diferença. A única ocasião em que ela não ocupava meus pensamentos era quando me vinha a memória de meu pai, até que, finalmente, chegou a notícia de Praia Grande: ele tinha quase morrido de um derrame cerebral e agora estava sem poder falar ou mover-se, a não ser em raros estertores. Qualquer dia, embarcaria.

Não havia hesitação possível. Eu tinha de ir à fazenda para vê-lo e matá-lo da forma que a notícia de seu derrame me sugeria e que já contarei. Tive alguns problemas em me licenciar da paróquia, por causa de objeções do coronel Siqueira e de meus superiores na arquidiocese. Mas as superei, convencendo-os de que um filho, por mais afastado do pai, como eu, não tinha o direito de deixar de vê-lo, nos que podiam ser seus últimos instantes entre os vivos. E, assim, numa sexta-feira de verão luminosa e reluzente, cheguei à fazenda para ver meu pai. Perguntei antes como estava ele, me disseram que, volta e meia, ele conseguia balbuciar uma palavra ou outra, mas estava condenado a um resto de vida atroz, preso à cama e aos cuidados de duas de suas muitas mucamas. Então, diante de todos os serviçais da fazenda, eu anunciei que queria ver meu pai sozinho. Único filho, único descendente legítimo, eu iria sozinho à beira de seu leito já considerado de morte, para estar com ele nos seus dias derradeiros sobre a Terra. E fui visitar meu pai, para assassiná-lo, já sabia como. Encontrei-o derreado na cama, troncho e praticamente esmigalhado, mas com os olhos vivos e a percepção inalterada, embora só pudesse emitir uns poucos sons guturais e inarticulados, aos quais não dei importância alguma. Vi somente o que esperava ver, além dele: um par de travesseiros a seu lado direito.

— Tu! — disse eu. — Tu que me espias temeroso agora
Vais ouvir o que nunca ouvir quiseste
E nunca entenderás em tua alma imunda,
Mas ouvirás. Não há como lutar
Contra a força do ódio que me deste,
Legado único que me deixaste
Enquanto nosso mundo emporcalhavas.
Tu vais ouvir calado, sem falar
E teu poder de nada servirá

JOÃO UBALDO RIBEIRO

Porque agora é a hora da verdade.
Não podes mais xingar nem espancar.
Não poderás bater em quem desejas
Teu repelente ser inconvivível.
Mataste minha mãe, me deste irmãos,
Irmãos bastardos que somente agora
Declaro o que antes só tu pressentias,
Agora tens certeza. Eu os matei
Matei meus dois irmãos. E daqui a pouco
Te digo que te vou matar. Não basta
Matar-te, é muito pouco para um pai
Cujo colo jamais soube acolher-me.
Matar-te é pouco para o que fizeste,
Se este destino não te alcançasse
E não fizesse, como agora faz,
Tremer como um dos bichos que capavas
Com o prazer espelhado no teu rosto.
Nada que eu faça apagaria a dor
O mimo que tu sempre me negaste.
Nem pagará o anseio que tem o filho
De ver no pai o seu contentamento,
Nem pagará as bofetadas que me deste,
A cópia de castigos que me deste
A dor maior de não ter pai. Vai, pois,
Filho-da-puta, à puta que pariu.

DIÁRIO DO FAROL

Sua descendência, para o bem da Terra,
Se extingue aqui. Jamais propagarei
O sêmen que aviltaste. E mais ainda,
Eu te anuncio a Morte que virá,
Pois vou matá-lo. Isso mesmo ouviste:
Eu vou matá-lo porque me mataste
Por tantas vezes que contar não posso.
Mataste minha mãe, e meus irmãos
Matei-os eu por obra de Justiça
A que se busca e que jamais se espera.
E olho para ti quase com pena,
A pena que se sente dos carrascos
Que, profissão fazendo do matar,
São eles próprios os crucificados.
Acho que já te perdoei, pai escroto,
Pai burro, pai ruim; mas sempre pai.
Tu que gozaste, quando me fizeste,
Tu que gozaste quando me batias.
Agora vou matar-te, meu paizinho,
E, se alguma outra encarnação houver,
Espero que me poupem de encontrar-te,
Vai pra puta que pariu, filho-da-puta,
Excremento de Satã, bosta do mundo,
Que agora vou matar com um travesseiro
Abafando o teu rosto renegado,

JOÃO UBALDO RIBEIRO

Não sem antes fruir um pouco mais
Este momento em que me alegro tanto
Ao ver-te tão transido de pavor
Diante de teu anjo vingador
Do qual eu sou apenas instrumento.
Tenta rolar ou gritar por socorro.
Não podes, não é mesmo? Pois eu, sim,
Posso e escolho a hora de matar-te
E finalmente me purificar.
Pois será amena a morte para ti:
Mereces algo muito mais cruel
Que esta almofada com que te sufoco.
E eu viverei, afinal viverei:
A tua morte é o meu sopro de vida.

Em seguida, peguei, vagarosamente e com um sorriso misturado a uma careta, o mais volumoso dos travesseiros que estava ao lado dele e abafei sua cabeça inerme. Como é do meu feitio, decidi me assegurar de que ele efetivamente morreria e por isso mesmo não me contentei em usar apenas as mãos, mas me sentei no travesseiro, bem no ponto em que deviam estar a boca e o nariz dele, usando as mãos somente para calcar as bordas do travesseiro sobre a cama. Olhei o relógio, esperei quatro minutos e vi que ele, apesar do débil movimento que fez com as pernas, ao sentir eu estava cumprindo minha ameaça, já devia estar morto. Peguei o espelhinho redondo que levara comigo para esse exclusivo propósito e o pus diante do nariz dele. Não saía mais ar. Apalpei-lhe o peito, apalpei-lhe a carótida e nada dava sinal de vida. Ele estava morto, estava morto afinal, ia apodrecer comido por vermes, ia feder, ia sumir para sempre.

Fechei a porta do quarto por trás de mim e falei com a famulagem que ele estava mal, sim, mas parecia dormir tranqüilamente, não o perturbassem por enquanto. Fui a meu antigo quarto, que agora não era mais o socavão de que sempre me lembrava. Parecia iluminado por uma luz de fora deste mundo e, naturalmente, minha mãe me chegou ao cair da noite, pouco antes de descobrirem que a besta-fera estava morta. Meu querido filho, me disse ela, que bem que me fizeste, nem sei mais como exprimir minha alegria. E podes acreditar que, ao contrário do que disseste, ele sofreu muito antes de morrer, obrigada, meu filho, vai e cumpre o resto de tua sina.

Os primeiros meses depois da morte dele foram esquisitos, uma sensação de vazio me assoberbando, uma falta de sentido para a vida contra a qual tive que lutar.

Havia a questão do inventário e que questão mais louca, com as inúmeras contas bancárias que ele tinha, ações de companhias prósperas e falidas. Mas não agi burramente, não deixei tomar conta a grande emoção de haver matado meu pai, não permiti um só traço de contentamento. E, depois de semanas após semanas, consegui dar forma ao inventário e fiz o que devia fazer. Agora eu era rico, tão rico que não conseguia avaliar meus bens. A Fazenda Roça Bonita, a maior e mais importante, eu arrendei, por uma quantia ridícula para o arrendatário, mas vultosa para mim. As outras fazendas e fazendolas distribuí entre posseiros, agregados, entidades diversas, sempre tendo o cuidado de, sem mostrar indícios, deixar claro que estava fazendo caridade e assumindo o tipo de atitude que meu grupo de esquerda esperava de mim, embora não os padres, que se escandalizaram com o que julgavam ser minha prodigalidade, quando não era nada disso, era uma questão estratégica que me permitiria, como me permitiu, fazer com Maria Helena e seu marido o que sempre quis fazer, embora sem a formulação que me surgiu no dia que também, como chamei o dia da morte de meu pai, chamo de dia da verdade. Maria Helena não perdia por esperar.

 A ansiedade que sempre mantive subjacente a meus projetos e não permitindo que ela os atrapalhasse foi, por outro lado, contida em grande parte pela trabalheira em que o inventário me envolveu, me obrigando a ficar na área de Praia Grande muito mais tempo do que esperava. Depois de tudo acertado com os dois advogados que cuidaram do inventário, pude voltar-me por inteiro para a questão de Maria Helena e seu grupo, vários de cujos membros eu já detestava secretamente. Entre nós dois, o relacionamento prosseguiu por caminhos inesperados. Aliás, tão inesperados que eu diria mesmo que a relação foi virada pelo avesso, o que não deixou de me trazer certa satisfação, em meio à chatice das discussões, em que os oradores repetiam palavras de ordens e chavões indefensáveis ou inúteis. Lembro como discutíamos a existência de uma burguesia nacional, como se isso não fosse uma questão secundária, se tanto, porque burguesia é burguesia, nacional ou não, o que lá queira dizer isto. E também se abordava com grande afinco a existência ou inexistência de feudalismo no Brasil rural, outro problema cuja análise me entediava tamanhamente que desenvolvi um método para me ausentar em pensamento das reuniões. Escolhi também uns três "camaradas" cujas opiniões eram fáceis de acompanhar, e eu as acompanhava rotineiramente. Maria Helena era das mais exaltadas entre esses oradores e seu marido era discreto e calado, com um ar intelectual soterrado por óculos de armação descomunal. Em suma, no geral, era uma enorme masturbação em que raramente se mencionava agir, em lugar de discutir e pontificar. E com uns pormenores risíveis, que quase chegaram a me causar crises de riso incontroláveis, como por exemplo, na primeira noite em que vi todos estalando os dedos e não sabia o que queria dizer aquilo, chegando mesmo a temer que minha ignorância me traísse. Eram aplausos, me explicaram depois. Claro que não podia haver aplausos com palmas, nas reuniões, de que todo mundo, notadamente os órgãos de segurança, estava farto de ter conhecimento — então se aplaudia com aquele discreto estalar de dedos entre o polegar e o dedo médio. Isso para não falar nas precauções de segurança completamente imbecilóides, como mudanças de local, vendas nos olhos de quem ainda não podia saber dos nossos itinerários, condenações à morte jamais executadas e todo tipo de brincadeira juvenil que se podia conceber. Brincávamos de revolucionários, mas os órgãos de segurança não brincavam, como se viu depois, abundantemente.

Quanto a Maria Helena, para não deixar de satisfazer sua curiosidade talvez pueril, mas compreensível, além de indispensável, por força da minha Vaidade, e de falar sobre o que aconteceu durante esse tempo, conto o que houve até então. Já contei que nosso relacionamento como que se virou pelo avesso, depois de um encontro em que desembarcamos de um dos carros que usávamos, que só levava o motorista, ela e eu, em virtude das tais normas de segurança. É verdade, virou pelo avesso. Ela chegou a tentar agarrar-se a mim, debaixo de oitizeiros que escondiam as luzes dos postes. Mas eu a afastei.

— Não, não — disse eu, estendendo o braço para mantê-la distante de mim. — Vamos reconhecer que estamos mais maduros e sensatos e o que ocorreu faz anos foi uma insensatez.

— Mas agora eu sou uma pessoa diferente.

— Não, você é a mesma Maria Helena, só que coberta pelas cicatrizes de seu sofrimento por uma causa nobre. E eu também. Você já se esqueceu do que aconteceu na prisão?

— Claro que não. Mas não entendo em que isso possa afetar nossa reaproximação.

— Você vai ter que entender. Além disso, já imaginou se seu marido descobre ou desconfia de nossa reaproximação íntima? Você sabe como pode agir um homem traído pela mulher? Eles reagem de todas as formas imagináveis, inclusive matando. Você, claro, tem o coração puro, mas às vezes age por impulsos impensados. Imagine o que isso podia causar de dissensão e mesmo destruição, em nosso grupo. Já parou para pensar nisso?

— Mas agora eu, honestamente... Bem, você certamente tem razão, sempre pensou com grande objetividade.

— E poderia dizer, como nossos pais diziam ao bater em nós, que dói mais em mim do que em você, porque não esqueci, nem nunca vou esquecer, o dia em que você rompeu comigo, lá em Praia Grande.

— Mas isso é passado, isso não tem nada a ver com o que está acontecendo agora. Eu amadureci, sim, mas isto pode querer dizer que, finalmente, estamos prontos um para o outro.

— Não hoje. Não agora. Pense bem, pense aprofundadamente. Abstraia nossos sentimentos e me responda, olhando em meus olhos. Você, honestamente, não acha que seria um erro de possíveis conseqüências desastrosas? Muito desastrosas, aliás. Já pensou em que irresponsabilidade a gente não estaria cometendo?

— É verdade, mas... Não, claro que seria um erro gravíssimo, levando em conta até sua situação de padre e a minha de mulher casada e com um marido de quem não posso ter a mínima queixa. É horrível admitir isso, especialmente neste caso, mas você, mais uma vez, tem razão.

— Eu sei, mas não é nossa vontade que deve agora guiar nossa conduta. É o caráter imperioso de nossas convicções e processos, enquanto militantes radicais.

— Você tem razão, você tem razão. Às vezes eu olho assim para o futuro e fico meio desesperançada. É até um pecado dizer isto, mas realmente às vezes a pessoa fica tão agredida pela realidade que perde a esperança e a fé vacila.

— É normal, você não tem que se culpar por isso, faz parte da condição humana. Mas Deus nos vê e nos ampara.

Despedimo-nos com um abraço meio flácido de minha parte e apertado da parte dela. Passadas as copas dos oitizeiros, pude vê-la claramente. Estava mais magra, mais ou menos como uma flor emurchecendo. Muitas vezes antes, observei sua expressão e seu semblante, agora marcado pela vida que levava. Ainda era uma mulher muito bonita, embora, para quem a conheceu como eu conhecera, muito menos louçã e desejável, além do fato de que manter uma relação com uma militante entupida de chavões me parecia uma perspectiva no mínimo temerária. E a ironia de uma situação que antes me humilhara agora humilhava a ela. Mas nada disso, evidentemente, me demoveu do caminho a seguir. Em primeiro lugar, já me atraía muito a idéia de trabalhar com os torturadores ligados ao regime e, em segundo lugar, jamais iria esquecer aquele dia em que Maria Helena me dera um pontapé como quem trata um cão danado. E, finalmente, a voz de minha mãe se fez ouvir no quarto com grande clareza. Eu não devia deixar quaisquer circunstâncias configurarem minha ação. Eu era um homem predestinado e não podia ser desviado de minha trajetória. Vi o rosto de minha mãe espelhado no travesseiro, beijei-a ternamente nas duas faces e fui dormir tranqüilo, acolhido em seu regaço.

Agora sei que relutava em reconhecer isto, mas me infundia medo a vida depois de cumprir minhas missões. Só faltava Maria Helena — e como eu ia viver depois, que sentido teria a existência? Viver para quê? Para ler uns poucos livros, ouvir umas poucas músicas, dedicar-me ao sacerdócio, viajar? A última destas opções nunca me seduziu e tampouco consigo entender a mania que muita gente tem por viagens. Por mim, não preciso conhecer nada, não quero conhecer lugar algum, tudo já está nos livros e a realidade é sempre inferior à imaginação, como já constatei em todas as ocasiões em que estive em lugares que me pareciam atraentes. Melhor vê-los através do pensamento, através de tudo o que já se escreveu, fotografou ou pintou sobre eles. Por que haverei de querer ver pessoalmente um quadro de Van Gogh ou Da Vinci? Os que folheio em reproduções já me bastam e tenho certeza de que, excetuados os temperamentos e cabeças que se deixam dominar por mitos, todo mundo é assim, mesmo que não tenha consciência disso.

Mas a preocupação persistiu algum tempo, até revelar-se absolutamente infundada, pelo menos enquanto durou a repressão. Pus nisso o nome, só conhecido por mim, de meu reinado. Meu Reinado, com letras maiúsculas, pois como vivi intensamente todos aqueles anos, como sinto falta deles! Não espero encontrar muitos com que possa partilhar meu gozo naqueles anos, apesar de crer que há gente, bastante gente, além da suspeitada, que o partilharia, não fossem os preconceitos e as idéias desprezivelmente espalhadas por uma noção falsa do que é humano. Se fosse assim, o povo alemão, que apoiava Hitler maciçamente e esteve com ele até o final da Grande Guerra, não teria feito o que fez. Fez porque gostava e lhe era dada essa liberdade muito mais valiosa do que aquilo que liberalóides de merda acham que é liberdade. Se ele não tivesse cometido erros fatais, como a abertura da guerra em duas frentes, seria bem possível que hoje vivêssemos num mundo absolutamente diverso do de hoje. *Arbeit macht frei*, pronunciamento profundíssimo, profundíssimo, moto genial, que hoje se tornou anátema. Liberdade é aquilo, é desfrutar da superioridade, é também demonstrar amor através da tortura, das sevícias e da morte. Paradoxal, dirá você; burrice sua, direi eu, vá pensar direito e não me aporrinhe. Vá se catar e não me faça enfrentar argumentos piegas e fundados sobre coisa nenhuma. Os meus não são, tudo tem base no que eu vivi e, não sendo solipsista, mas havendo lido Descartes, sei que penso e, portanto, existo. Não tenho nada mais a ver com Descartes, morto pelo frio que Catarina da Suécia lhe infligiu e pela própria paranóia, pois sempre se julgou politicamente mais importante do que era, mas é útil poder citá-lo e, assim, não sendo você um discípulo idiota do bispo Berkeley e não tendo a fortuna com que Samuel Johnson — esse, sim, um homem admirabilíssimo, embora que nunca tenha alimentado o desejo de encontrá-lo em pessoa — chutou uma pedra para provar que o bispo e seu idealismo vão eram uns imbecis, os quais Lênin não soube esculhambar e até fortalece... Ia cortar estas últimas linhas deste trecho, porque via que estava entrando em delírio, no bom sentido, e que a probabilidade é que você não esteja entendendo nada do que escrevi. Mas não corto nada, reafirmo a convicção de que ler ou não ler o que se segue não é comigo, é com você. Assim como sua ignorância é problema seu. Vá à merda, se não entender, vá se queixar ao Ministério da Educação, vá mijar em cima da tumba de seu professor de Filosofia. Enfim, vamos lá.

Claro, com certas coisas — fumar cachimbos ou charutos, apreciar certas aguardentes, tomar certos vinhos rascantes, jogar xadrez e até mesmo fornicar — é preciso ter a oportunidade de desenvolver, de educar o gosto. Isto me foi proporcionado pela vida, de uma maneira insuperável. Como já havia acontecido no seminário, assumi condições de liderança inconteste, a ponto de, muitas vezes, ordens emanadas dos escalões superiores do regime serem submetidas a meu crivo. Eu mandava naqueles porões e masmorras aonde me levaram e tive o supremo momento de triunfo quando tudo se deu segundo minhas mais prezadas intenções.

Antes, porém, de lhe contar o que aconteceu com Maria Helena, quero descrever a minha vida dupla, durante a qual muitas vezes me olhei, encapuzado, no espelho, e me chamei a mim mesmo de Eusébio. Sei que era um, mas também era dois. Era o padre vítima imperdoável da repressão, preso de tantos em tantos tempos, torturado e violentado como o pior dos vilões. E, ao mesmo tempo, era Eusébio, o encapuzado mais temível de todo aquele complexo, onde pouca gente sabia de minha dupla identidade e até o coronel Siqueira se comportava com grande deferência a mim, principalmente quando usei os exercícios espirituais de Inácio de Loiola para provar-lhe, sabe-se lá como, mas a ignorância e a credulidade não têm limites, como minha disciplina de espírito, digamos assim, me tornava superior a todos eles.

Sem jamais haver sido tido como suspeito, sem jamais uma falha, fui Eusébio e fui eu mesmo. Alguém desavisado poderia achar que havia sacrifício meu, no desempenho de minhas atividades, pois, afinal, apanhei também e sofri torturas cuidadosas, mas suficientes para anunciá-las a quem me visse. Ninguém podia pôr-me sob suspeita. Cheguei até a afetar, em minha paróquia obscura, lesões que na verdade não portava, mas ninguém o poderia provar, nem mesmo um exame médico, pois eram dores musculares, crises de astenia nervosa, pesadelos, coisas deste tipo, para não falar no que concretamente faziam, com minha concordância e colaboração. Que prazer ser tido como herói nos dois lados opostos! Havia um cubículo, junto a uma das celas coletivas, que era usado para que se ouvissem os sons das torturas mais grosseiras possíveis. Lá eu, de vez em quando, enquanto meus companheiros de cela acreditavam que eu tinha sido solto ou levado à morte, dava gritos e gemidos tão intensos como a vontade de rir que me invadia e eu tinha de sopitar, como um palhaço de circo. E também, encapuzado, sem me comunicar senão através de gestos e sempre com gente desconhecida a meu grupo, pois não convinha facilitar meu reconhecimento por um modo de agir ou simples gesto, aprendi a lição de amor que nos dá a tortura.

Sustento que a tortura, se levada às condições possíveis e se personalizada o suficiente, é um ato de amor. O gato, por exemplo, tem farpas no vergalho que arranham e fazem sangrar a vagina da fêmea, a qual, no entanto, apesar da dor, se submete aos imperativos de sua espécie, pois, se não for assim, ela não se reproduz. Há insetos que se reproduzem com a morte ou ferimentos sérios nos parceiros. Tenho certeza de que, se pesquisasse bastante, acharia material suficiente para escrever um imenso tratado sobre o amor, a dor e a morte. Não é à toa, evidentemente, que, em relações sexuais, suspeito que a maioria, se geme, se sai de si e se diz estar morrendo. É isso mesmo. Um "eu morro!", durante uma relação sexual, é uma declaração de amor total e integral, pelo menos enquanto aquele instante perdure. Não defendo simploriamente uma relação linear entre uma coisa e outra e nunca tive paciência para a psicanálise, embora haja lido alguns livros de Freud e gostado, mas somente porque ele, apesar de traduções obviamente monstruosas, escreve bem e pensa engenhosamente. Mas, diante de minha história pessoal, eu não precisaria lê-lo para saber do que ele fala, eu sei que é assim.

À altura em que estou deste relato, sinto que, ao contrário do que pensava umas cinco páginas atrás, estou perto do fim. Não vou mais enumerar ou descrever cenas de torturas, como pretendia. Assim como não quero pregar ou denunciar nada, também não quero proporcionar gozo vicário a ninguém. Quem quiser, pode comprar livros ou revistas para processar sua libido reprimida. A *História de O* é um exemplo magnífico do que estou falando, assim como muito do que Sade escreveu. E qualquer um pode, se tiver o mínimo de sorte ou argúcia necessária, exercer seu fascínio com a tortura.

Diferentemente do que se pensa, o torturador, em primeiro lugar, não é alguém que se pareça com torturador. Geralmente é um homem, ou mulher, simples, afável e normal sob todos os aspectos. O torturador não é um anormal, é um normal, mas é como se fosse necessário — o que aconteceu comigo — uma espécie de espoleta para detonar nele esse roldão de sentimento animal, que depois se transforma numa cachoeira de gozo e deleite, numa relação indescritível — indescritível mesmo, pois me falta talento para abordá-la devidamente e eu não sou burro nem destituído de talento, pelo contrário. Diria mesmo sentimento humano, porque o animal, embora pratique a tortura, desde o gato com o camundongo até outras formas de suplício, não dispõe dos mecanismos do ser humano para a integralização de seu deleite. Sei que zangões morrem depois de possuída a rainha das abelhas. Sei de carrapatos que furam a carapaça da parceira, fertilizando-a com o efeito de uma punhalada. Enfim, não estou escrevendo um almanaque e não vou mais deter-me sobre fatos que deviam ser do conhecimento comum — e são, só que da forma disfarçada com o que o homem embuça sua verdadeira natureza e não me compete abordar, eis que não almejo prestar serviço algum, nem creio que o pudesse, nem enganei ninguém até aqui, notadamente você, que me seguiu até agora, levado por sua própria vontade, lembre-se disto.

Não sou, naturalmente, um caso típico. Sou um privilegiado, que afinou sua sensibilidade através da tortura. Houve gente que torturei, ou ajudei a torturar disfarçando-me e envergando meu capuz, porque eram pessoas que eventualmente podiam ser liberadas e depois me delatariam. Essas sessões, acho que pelo fato de eu não falar com os torturados nem eles me verem o rosto, não eram, nem de longe, as minhas favoritas.

Tinha um certo prazer vicário em ver o uso dos métodos e das máquinas de tortura, das mais simples às mais tecnologicamente avançadas, mas era um prazer que, com o correr do tempo, cada vez se tornava menos atraente, tanto assim que, depois de alguns meses, acabei quase nunca assistindo e muito menos participando ativamente dessas sessões.

Contudo, houve gente que eu já sabia que ia morrer e que torturei com enorme ternura, como foi o caso de Maria Helena e seu marido, tanto assim que tudo o que aconteceu depois foi anticlimático. Receio mesmo que estou perto de terminar este relato, porque não creio que nada do que se passou depois escape da monotonia e da repetição excessiva. Embora acabe de decidir, ao contrário do que esperava, não descrever pormenorizadamente algumas sessões de tortura, não posso deixar de falar do dia em que Maria Helena e o marido morreram depois de cerca de doze horas sendo submetidos a violência intensa, embora mais de caráter psicológico do que propriamente físico. Da parte física cuidei eu, basicamente, com o auxílio de um companheiro da repressão. Fomos presos juntos, praticamente como da primeira vez, até mesmo com minha reação fingida que, por combinação com os autores da prisão, foi suportada por eles alguns minutos, como se me ouvir fosse dissuadi-los de fazer o que iriam fazer, ou produzir qualquer efeito, por mínimo que fosse. Toda a nossa base subversiva foi apanhada, inclusive membros da organização de fora do que chamávamos de nosso território — companheiros de outros estados e alguns peixes graúdos para os órgãos de repressão, como o meu. Era o bastante para que viéssemos a eliminar a maior parte dos prisioneiros, hoje arrolados como "desaparecidos", mas que foram mortos mesmo, propositalmente. Quanto ao caso de Maria Helena e de seu marido, minha interferência foi muito importante. Em reunião a sós com o coronel Siqueira, falei especificamente sobre os dois e menti sobre sua periculosidade, inventando atos que eles nunca cometeram e dos quais eu não precisava de prova. Minha hombridade era respeitada pelo coronel, que me tinha, a essa altura, como uma espécie de braço direito, quase um funcionário dileto dele e seu amigo pessoal. Ele não manifestou surpresa diante do que lhe contei e me escutou sem fazer perguntas.

— Portanto, para falar sem meias palavras, eles estão condenados à morte — disse ele, finalmente.

— É o que acho indispensável, inescapável — respondi. — Se eles saírem daqui vivos, teremos cometido um sério equívoco, que pode nos render aborrecimentos e mesmo uma crise em nossa operação.

— Tem toda a razão. Se todos os que trabalham para nós fossem tão eficientes quanto você, já teríamos feito muito mais progresso nesta guerra.

— Muito obrigado, eu faço o que posso — retruquei com ar modesto e digno, após o que lhe pedi para pessoalmente tratar do caso dos dois, o que me foi imediatamente concedido.

— Faça como quiser. Vou providenciar o confinamento deles num dos salões. Eles já foram submetidos a interrogatório, mas ainda estão em boas condições, tanto quanto podem estar.

— Pode ser agora mesmo. E sem capuz, porque quero que eles vejam minha cara e saibam que não me fizeram de bobo, é uma espécie de questão de honra.

— Pronto. Dentro de dez minutos pode descer para o salão dois. Eles estarão lá, à sua espera.

— Ah, sim, outra coisa: eles estarão nus, completamente nus, pode ser?

— Claro. Já estão e numa cela sem nada dentro. É a melhor forma mesmo, porque a resistência deles começa a ser quebrada por aí.

— Eu sei. E também tenho umas continhas pessoais a acertar com ela.

O coronel riu com malícia e fez um comentário que julgou engraçado sobre minha condição de padre e do qual ri, como ele esperava. Era aquilo mesmo que ele estava pensando, eu era padre mas também era homem e macho, e ela era gostosa.

— Vá em frente — disse o coronel. — Total carta branca.

Entrei numa salinha contígua, que servia como uma espécie de vestiário, tirei a roupa civil que estivera usando, fiquei completamente nu e enverguei a batina que me esperava no meu armário. Esperei ao todo quinze minutos, em vez dos dez que o coronel me dera, não só uma questão de segurança como porque devo confessar que estava nervoso. Pensei na minha vida toda e em como havia triunfado em todas as missões que o destino tinha jogado à minha frente, todas impecavelmente bem-sucedidas. A vida perderia agora o sentido? Eu abandonaria, através de dispensa canônica, o sacerdócio? Ou simplesmente deixaria tudo de lado e mudaria radicalmente de ambiente? Foi nessa ocasião que me ocorreu a idéia do farol. Sim, por que não um farol? Eu podia escolher uma ilha não muito importante, eu mesmo pagaria a construção e manutenção do farol. Quanto à autorização da Marinha, não haveria problema, em vista das minhas relações com os militares. Quase entro em devaneio, pensando nisso, mas acabei por adiar a decisão, que, afinal, não tinha nada de urgente. Agora era a vez de Maria Helena e seu marido.

Escrever, como já disse antes, não me parece tão difícil assim. Mas há ocasiões, como agora, em que as palavras se revelam inadequadas, as necessidades da narrativa têm que ser ordenadas, é tudo linear demais para descrever devidamente certas situações. É como se o sujeito tivesse uma caçamba cheia que deveria poder ser despejada de vez, mas tivesse que fazê-lo por pequenas etapas. Enfim, não adianta especular, mas é forçoso reconhecer que não posso descrever o estonteante momento em que fiz um sinal para o homem que estava à porta do salão, um dos mais habilitados para quaisquer torturas, inclusive a sodomização de presos de ambos os sexos, entrei no quarto, onde, amarrados em duas cadeiras, lá estavam Maria Helena e o marido, do qual tinham tirado os óculos de lentes grossas. Como queria que ele me visse — oh como é difícil contar isto, como leva muito mais tempo para contar do que para os acontecimentos narrados se passarem —, mandei que lhe repusessem os óculos e também mandei que me providenciassem dois catres, para os quais ambos seriam transferidos e novamente amarrados, ele de barriga para baixo, ela de barriga para cima e com as pernas abertas.

Realmente, como é difícil contar esta passagem, porque a simultaneidade dos eventos tem que ficar subordinada à maldita linearidade. Acho que somente um bom cineasta será capaz de reproduzir tudo, desde a surpresa dos dois, entre exclamações e xingamentos, comigo fazendo tudo dando um sorriso e sem responder nada aos dois. Depois que eles já estavam amarrados nos seus catres, um ao lado do outro, me dirigi carinhosamente a Helena e lhe afaguei o rosto.

— Sim, de fato sou eu — falei. — Como está você, querida?

Ela, muito pálida, cuspiu na minha direção, mas eu me esquivei.

— Oh, não faça isto, meu amor — disse eu, dando-lhe uma bofetada forte, que lhe deixou o rosto marcado por meus dedos. — Eu gosto tanto de você...

É difícil, é difícil mesmo pintar com palavras os quadros que se seguiram. Acho que a solução é escrever mais ou menos como se escreve um relatório. Sim, escrevo um relatório e não aspiro mais à vividez de descrição que achei estar a meu alcance. Bati nela mais um pouco e mandei enfiar na boca do marido um pedaço de flanela suja, a fim de que parasse de me xingar e me atrapalhar. Ordenei que lhe dessem uns vinte golpes de palmatória no traseiro, com toda a força possível. Depois me postei diante dela, entre suas pernas abertas e lhe mirando carinhosamente o rosto.

— Você se lembra do que aconteceu entre nós em Praia Grande, não se lembra? Lembra-se de quando se negou a juntar-se comigo, para viver com este corno deste comunista safado com quem você casou e que agora vai ser enrabado, só que não por mim, mas pelo companheiro aqui?

— Filho-da-puta! — disse ela, cuspindo novamente.

— Não queira que também mande botar uma flanela em sua boca, mesmo porque prefiro gozar na sua cara e com um pano perderia um pouco a graça. Mas primeiro vou meter um pouco nessa xoxotinha tão linda e macia.

Enquanto o marido, depois da surra, debatia-se o máximo que podia — e era muito pouco, porque sabíamos amarrar bem os prisioneiros — porque, depois de passar cuspe no membro, meu companheiro de trabalho começou a enrabá-lo vagarosamente e em longas estocadas, às quais ele podia responder com gemidos guturais, eu cuidei de Maria Helena. Ainda de pé diante dela, levantei a batina e, com meu membro erecto, também lubrifiquei-o e meti nela com força e paixão.

— Oh, meu amor, que bom, que bom — dizia eu, enquanto lhe apertava o pescoço não o suficiente para matá-la, mas para deixá-la atordoada, outra técnica que a prática me havia ensinado. — Estou quase gozando aqui dentro mesmo, em vez de em sua cara.

Mas contive o orgasmo e parei diante dela, com a cabeça de meu sexo tão próxima quanto possível do seu rosto, que não podia virá-lo de todo para o lado como tentou. Entre palavras carinhosas e algumas novas bofetadas, me masturbei diante da cara dela e ejaculei abundantemente em seus lábios inutilmente cerrados. Logo mandei que a amarrassem de barriga para baixo, como o marido.

— Meu amor, minha vida, minha linda — disse eu. — Eu sempre quis meter em todos os buracos de seu corpo e ainda tenho tesão suficiente para meter nessa bundinha maravilhosa.

E foi o que eu fiz. Depois, mandei que a virassem de frente outra vez e comecei a conversar calmamente, ela agora como que prostrada, me olhando com um ar entre assombrado e suplicante.

— Não se preocupe, meu amor. Agora que já comi você toda, você vai poder morrer em paz. Primeiro eu estrangulo o crápula do seu marido para só depois estrangular você. Não, pensando bem, vou deixar que o companheiro aqui mate seu bosta de seu marido e eu mesmo estrangulo você.

Foi o que fiz e, assim que notei que ela estava morta, pedi com um sinal que afrouxassem um pouco as amarras de seu tronco e ela, por assim dizer, deu o último suspiro aconchegada amorosamente a mim. No momento em que escrevo, a cena me volta e interrompi um pouco este trabalho, para me masturbar *in memoriam*, gozando tanto que minhas pernas tremeram e se vergaram.

Depois desse último triunfo, o resto é anticlímax, como disse. Não tenho vontade de contar mais nada, minha Vaidade está satisfeita. Aos poucos, fui deixando o trabalho com o coronel, obtive dispensa canônica com a ajuda de três psiquiatras colaboradores para atestarem ser eu insano, comprei a ilha, fiz cursos de navegação e hoje tenho diploma de mestre. Construir o farol não foi difícil, tanto assim que nem me lembro do tempo que passei dedicado a isso.

Hoje, vivo aqui e não tenho muito apego à vida. Depois de uma certa idade, a decadência física começa a se tornar insuportável, caem pingos de mijo nas calças, as juntas emperram, não sei mesmo se quero viver. E lembre-se do que lhe disse, no começo deste relato. Tudo contado aqui é absolutamente verdadeiro, com exceção possível do fim. Eu posso, sim, não passar de um maluco mitômano, contando meus delírios e minhas malfeitorias, num hospício qualquer, que inventei ser um farol. Eu posso, sim, fazer o que talvez faça agora, cansado do mundo e sem querer saber de mais nada, ou realizar mais nada. Posso perfeitamente cometer meu último ato de liberdade, pegar a espingarda de dois canos, sempre limpa e azeitada, que tenho entre minhas armas, abrir a boca e dar um tiro no céu da boca, que é a maneira mais apropriada de se saber que se morrerá mesmo. Aliás, a espingarda está até aqui, a meu lado. Faz uma bela manhã de verão, o mar é um vasto tapete, calmo e azul-escuro. Os bichos continuam tão indiferentes quanto sempre foram. Sim, minha Vaidade pode perfeitamente escolher a hora e o jeito de minha própria morte, em vez de ficar como um joguete, à disposição do acaso e morrendo bem depois do que poderia morrer. Sim, cada vez mais penso que me dar esse tiro é a melhor solução para uma vida tão cheia quanto a minha, agora esvaziada de tudo o mais. Não há ninguém a me opor obstáculos, não há mais nada que tenho que fazer, minha mãe já não conversa comigo, a não ser muito raramente. Sim, é bem possível que, quando você tiver acabado de ler este relato, eu tenha me matado. Mas também é possível que não. De qualquer forma é bom lembrar que, mesmo eu morto, alguém como eu sempre poderá estar perto de você.

João Ubaldo Ribeiro